非常出口の音楽

古川日出男

河出書房新社

CONTENTS

7……とてもとても安全ブーツ

10……サマーレイン

14……機内灯が消えた

32……殺伐ちゃんが将来なりたいものは気象予言士

37……ロック・４マイナス０

48……ヌードルを奪う猫たち

68……やさしい雨の降る森

73……愛の不在

75……シュガー前夜

85……糸とライオン

90……百年草・卒塔婆小町

99……小説よ死ぬなと首相は言った
（ディス・イズ・ア・ポリティカル・フィクション）

105……ホッキョクグマを南極へ帰す

113……地上を走る、地中に倒れる、地底を走る

118……こんぶカフェの思い出

122……アップルヘッド、アップルヘッド

134……盗聴・幽霊篇

140……つるつるの小石都市

144……ウォーターメロンガーデン

154……卵泥棒おおいに語る

160……ヒップホップ・パート3

169……うはうさぎのうなんですか？
いいえ、うは裏切りのうですね

171……グッドモーニンググッドナイト

176……&ザワークラウト

189……非常出口の音楽

194……あとがき

装丁　名久井直子
装画　竹田匡志

非常出口の音楽

とてもとても安全ブーツ

その男は仕事の関係でアメリカの西海岸に長期滞在することになる。渡米の直前、不安に駆られる。ロサンゼルスという街はとてもとても危険なのではないか？　そこで知人の友人の親族の、国会議員の秘書をしているという人物にコンタクトを取り、とある占い師を紹介される。その占い師は見た目は三十代前半の女性で（実際の年齢は五十代後半らしい）、この十年間、内閣官房長官三名の相談役をひそかに務めてきたらしい。世間的にはいっさい知られていないが——顔も名前も——しかしながら、とてもとても凄い助言を下すと告げられる。面会料は十分十万円。その前に知人の友人の親族に、紹介料として五万円。すなわち計十五万円を費やして、授けられた助言は「足もとに気をつけなさい。両足をしっかりと護れば、あなた、この世が終わるまで大丈夫よ」である。ついでに「この世はどこで終わるのですか？　日本でですか？　それともアメリカで？」と訊いてみる。すると「アメリカよ」と答えがある。しかも「この答えは、無料《サービス》よ」と言ってもらえる。俺はとてもとてもラッキーだなと男は思う。俺は真剣に足もとを護ることを考えないとなと男は思案する。しかしなにで、どのように護ればよいのか？　ふと、アメリカは屋内《うち》でも靴を脱がない国だ、と気づき、つまり履いているもので防備すれば寝床にいる時以外は護れるはず、と思い至る。男は築地市場に向かう。この公設の卸売《おろしうり》市場だって、もうじき移転してしまうはず、だからここで幻のブーツを手に入れるぞ、と逸《はや》る。どのようなブーツが幻のそれなのか？　海の男用の、どんな荒波にも耐え、それどころか靴底は魚の脂《あぶら》でも滑らないという特殊加工の施されたゴム長靴であり、しかもプロフェッショナル向けだから長時間履きつづけていてもさほど蒸れない。試し履きし、「……これだ」と確信して、最高級品を買う。飛行機に乗る時、男はまだこのとてもとても安全なブーツは履いていない。飛行機がロサンゼルス国際空港に向け着陸態勢に入った時、男はおもむろにブーツを履き出す。そしてアメリカの地を踏む。あとはひたすら、ばりばりと仕事をこなす。それから滞在の四十日め、西海岸のその土地（ロサンゼルスの西郊）はほぼ十年ぶりという豪雨に襲われて、あまり排水環境がよいとは言えない道路はあちらこちらで冠水する。歩道までも水を冠《かぶ》る。しかも淡水ばかりではない。その土地から直線距離で八キロの地点に海があり、六車線の幹線道路がまっすぐに男の暮らしている街区にまで走っているため、その大通り《ブールバード》には海水も流れ込んできている。太平洋産の、さまざまな魚類も打ち上げられている。生きて、泳ぎまわってもいる。しかし歩道に関しては、やはり打ち上げられている。死骸の魚から脂が出る。ギトギトと大量の脂が滲《にじ》み出る。むしろ脂によって歩道がひたされている。仕事の関係で、男は、どうしてもその日、その時間、そうした歩道をゆかねばならない。豪雨のみならず、暴風《あらし》も吹いて、あちらこちらから椰子《やし》の葉がバサッ、バサッと降り落ちる。そして魚の死骸を足もとに踏み、それでも男は滑らない。

男は転倒しなかった。

「生きているな。俺は」と言いながら、男は天を仰ぎ、いつか、ここアメリカの終末の秋《とき》にあの空から鰹《かつお》の大群が降ってきたとしても、俺は死なない、とてもとても死なないさ、だって滑らないから、と確信する。

10

サマーレイン

戦わないとだめなのよ、が母親の口癖だった。実際、立派な母親で、ありとあらゆる世の中の理不尽さと戦っているように——周囲の目に——見えた。職場でも、家庭内外でも。そのどこか古風なシンプルな実直さから、ほとんどの場面で彼女は憎まれるよりも愛された。いっぽうで彼女自身はなんだか急にヘトヘトになりはじめていた。

娘は、七月の十六日に四歳になった。以前誰かから「子どもを産むと、子どもの年齢が『絶対年齢』として女にはインストールされるのよ」と言われたことを母親は思い出した。そんなことを考えるのもあたしが最近は疲れすぎてるせい？　この春までだったら笑い飛ばしたのに？　この初夏までだったら？　梅雨までだったら？　娘はどちらかといえば性格は父親に似た。いい意味でおっとりしていた。悪い意味では、もしや知的な発育に問題があるのではと小児科医に相談したことが二度あった。ひそかにだ。

七月の二十日過ぎ、母親と娘は公園にいた。その日は早い時間に仕事を終えられて、保育園から母子《おやこ》は公園に直行できた。四歳の女の子は帽子をかぶっている。黄色い。通園バッグを斜めに掛けている。それは母親の手作りだ。母親は四阿《あずまや》のベンチにいた。娘が、花壇のほうに駆け出す。その前にバッグを預かる。身軽になった娘は小さな足で駆ける、駆ける。その疾駆のたびに四歩に一回は転びそうになる。しかし四回に三回はちゃんと踏みとどまれる。

「ブランコには寄らないで」と母親は言った。

ベンチに腰かけながらラップトップ・コンピュータを開いた。自分に課したルールとして、娘と二人きりの時は携帯電話の操作はしないが、しかし「働いているのよ」としっかり示せるならば持ち帰りの業務を空き時間に処理してよい、数分以内の短時間ならばよい、としていた。要はルールを決めて、あとはぶらつかないことだ。それから、たとえば、外でこうやって短時間に仕事をしている時も苛《いら》っとしたりダラッとした表情はしないこと。過剰な加齢はそこからはじまるのだと母親は考えている。ただし、年齢とどう戦うかに関してだけは答えが見出せていない。若く見せてもしょうがないよね、との結論はとうに弾《はじ》き出されていても、メイクの基準ひとつにも悩まないではない。

視線の下のほう、四阿のコンクリートの床に、ぽつ、と黒い点ができる。雨滴だ。そうか雨かあと思う。屋根がしっかりしているからここにいれば濡れない。それに夏の夕方なのだから、雨は当たり前に降る。当たり前のものを彼女は嫌がらない。雨は、敵ではない、四歳の娘にそう教えたっていい。風邪をあの子の身にもたらしたりしなければ、夏の雨がどうだっていうの？　タオルで拭いてやって着替えさせてやれば、どうだっていうの？

その娘が、変なことをしている。

最初は状況をつかみきれなかった。空を見上げているのだが、足が横に横にとステップを踏んでいる。それから前。後ろ。やっと視界に白い幽《かす》かな筋が見えて、あっと思った。落ちてくる雨だ、雨の粒々《つぶつぶ》、それを避けているのだ。どこまで目がよかったら、そんなことが可能なんだろう？　母親は声をかける。「ねえ、気をつけてね。後ろにステンッて転んだら大変だからね」と。それから思いついて、こうも尋ねてみる。「ねえ、その遊び、園で流行《はや》ってるの？ 自分で考えたの？」

「遊んでないの」

「遊んでないって、何しているの？」

「戦ってるの」

その瞬間、母親は息をのむ。娘は雨と戦っているのだ。それから雨は烈しさを増す。それから娘はステップの烈しさを増す。前に右に後ろに左に、斜め前にも半歩、さらに半歩。転ぶどころか踊り出していて、それが一種のダンスだと気づいた時に、母親は思わず満面の笑みを浮かべる。母親は、にんまりとしてしまう。

そうだ、乳歯が抜け落ちるまで、そのままえんえん踊りつづけちゃえ。

この雨の中で、全部の乳歯がぱかぱか生え替わって七歳になって十歳になって、そうなのだ、それから濡れ霞んでいる風景の中からスキップしながら飛び出してきて、あたしに「戦友だよ」って声かけちゃえ。ね？

14

機内灯が消えた

エンジン音は聞きつづけていると忘れる。

たぶん耳がいちばん最初に忘れる。体のほうは感じ取りつづけている、と思う。

エンジン音というかエンジンの振動だ。

眠れない時にはその振動を利用する。ブランケットをひきあげて両目をつぶり、倒した背もたれに腰の数センチ上からの背中の皮膚を全部押し当てて、ほら揺れているぞ、揺れているぞ、揺れているんだ、と言い聞かせる。僕が、僕に言い聞かせるのだ。

頭で振動を感じるようにしては駄目だ。どこまでも胴体の後ろ側で、背面でやる。すると頭も背中に吸い込まれている。そう気づいた時には寝ているし、実際には気づいた時というのは起きた時だ、僕は、気づいた時には起きている。

当たり前だけれど目覚めたからといって、目に入る光景が激変していたりはしない。そもそも目に入る要素は、あまりない。僕には機内で映画を観る習慣はない(読書をする習慣はある)。だから正面はフラットに暗い、消えているディスプレイの平坦さがあるのみ。通路側の座席を取ったから、視界の左側はすうっと伸びている。ちょっとだけ遠近法があって、左手前の乗客、その前の乗客、その前の乗客、……と頭部の列が続いている。

それから鈍く光っている座席の背のディスプレイ。

あとは持ち込まれたコンピュータのディスプレイ。そっちの光のほうが鋭い。

通路側に僕はいて、その僕のシートから飛行機の右の窓に向かって座席がふたつ連なる。つまりシートは三つあって、僕がいちばん端にいる。ところで、どうなんだろうな? 通路側というのはほんとに便利なのかな? もちろん席を選んだのは(というか好みの席種を伝えたのは)僕自身なのだけれども、ふいに疑問をおぼえる。たぶん、隣りの隣りに男の子が座っていたからだろう。窓際の席に。

窓際は、そうだ、ずっと好きだった。

自動車でも電車でも。バスでも。子どもの時はそうだった。

飛行機も、二十代の前半に乗りはじめてからの数年間は窓際のほうばかりを取ろうとしていた。

いつから通路側にしはじめたんだっけな、僕は？

なんか、そういうのが大人になっちゃうってことなんだなと素直に思った。機内での睡眠の確保を考える、トイレへのアクセスのしやすさを優先する、機能的に空の旅を消費しようと検討し出す。

隣りの隣りの男の子は、もちろん一人で乗っているのではなかった。同伴者なしに遠くヨーロッパまで旅する齢《とし》ではない。母親といっしょだ。その母親は、もちろん僕の隣りにいた。

いる、と、いま目覚めてから確かめた。右側の肘掛けを挟んだ人間《ひと》の気配。

どうして僕は食事のプレートを片付けられると早々に寝たんだったか？

その母親がいやだったからだ。

母親というか、子どもとの間で交わされる会話というか、むしろ会話が交わされていない空気というか。

昔から僕はそういうのに敏感で、しかも自分が子どもを持っていないくせに他人の家庭に批判的になりがちな傾向がいやで（つまり自分が、というか自分の無意識の傾向がいやで）、それで意識をシャットダウンさせることにした。寝たのだ。

　搭乗の直後に、二度、その女の顔を正面から見ていた。僕より五つか十《とお》は若い。もちろん子どもの顔も見ていたのだが、気になったのは親のほうだった。誰かに似ていた。記憶の中の誰かだ。しかし思い出せない。パーツがいくつか何かに重なる。何かに、誰かに。

　誰だっけ？

　こういう相手は相当に面倒だ。それもあって僕は寝た。

　起きると機内は夜だった。人工的に作られた夜だった。客室乗務員が回って、全部の窓覆いを下ろさせて、そうやって産み落とした（そうしたはずの）夜だった。隣りの母親も寝ているのだと感じられた、漠とした気配で。正面のディスプレイもちゃんと消していた。そして、その隣りは？　ディスプレイは機能していない。同じように消えている。あんなに食事の前にはゲームに執着していたのにな、とちょっと意外に思う。ゲームのコントローラーをいじりながらでもチキンは食べられる、そう筋道立てて説いていて、しかも七歳だか八歳だかには思えない、ゆっくりとした、感情的にはならない、もしかしたら説得力があるんじゃないかと感じられもする小さな演説をして、たちまち母親にぴしゃり撥ねつけられた。

だから僕は、食べ終わったあとは論理的に、ずっとゲームに励むんじゃないかと予期したのだけれど。

ところで、せっかく窓際にいるのに窓覆いがされちゃうと、いやじゃないのかな？

僕は伸びをしながら、体を前に出し、ストレッチのために頭を右に左にと捻《ひね》りながら、男の子のほうも見た。トレイテーブルを出していた。そこに何か載せていた。卵だ。

卵？

僕は、食事にはフィッシュを選んだ。あの子はチキンを選んだはずだ。チキンには卵？　殻つきのが付いていたのか？　ゆで卵？

そんなサービス、見たことないな。

男の子はじっとその卵を見ている。ちょっと視界に入れただけだけれども、そんな感じがした。もしもその子が日本人じゃなかったら、母親とその男の子というのが日本人の親子じゃない外見《みため》をしていたのだとしたら、僕はそれを一種の宗教的な行為かも、などと考えたかもしれない。食後のお祈りとか。

日頃から僕は、どうして英語には「ご馳走様」がないんだろうなと不思議に思っている。

フランス語にもない。「いただきます」の代わりに「ボナペチ《いただきなさい》」はあるけれども。

フランスといえば前回の仏日間の飛行は、騒々しかった。パリのバレエ団が乗っていたのだ。たぶん来日公演、彼らの存在はシャルル・ド・ゴール空港のゲート周辺からもう目立っていた。細いし、背が高い、男女とも。そしておしゃべりだ。スター級の踊り手たちはビジネスクラスに乗れるのかもしれないが一般の団員たちは揃ってエコノミーで、当然ながら身体コンシャスだった。まめに屈伸運動をする、通路を往復する、そして何人かで溜まって、眠らずに雑談に興じつづけた。なまじ小声にしようと時おり頑張るから余計、ずっと耳についていた。

いつのまにか眠っていた。そんなことを思い出していたら。自然と寝入っていた。

誰かが僕に声をかけた。それで、はっと目を覚まして、寝ていたことに気づいた。

20

「ごめんなさい」と言っている。日本語だ。隣りの女だ。

母親。

そうか、通路に出ようとしているんだ。僕は腰を浮かした。下半身をずらした。いや、それだけじゃ無理だ。立つ。わきに退《よ》ける。僕自身も通路に。

「ありがとうございました。すみませんでした」

僕は何かモゴモゴ言って応じた。「どういたしまして」と言い切れずに、座り直した。

顔を、ちゃんと見なかった。その女の。ぼんやり背中を追った。通路を前のほうへ歩いていたのだ。その背中にぜんぜん見憶えがない。この女は身長で共通していないんだなと思い、誰と？　と自問した。

まだ夜だ。機内には人工的に夜がある。それなのに、僕は、つい窓を確認した。予期していたとおりに閉まっている。窓覆いが依然下ろされている。そして、ぼんやりした予想に反して、男の子はまだ寝ていない。まだ。ゲームもしていない、しかしトレイテーブルは出しっぱなしだ、しゃんと背筋を伸ばしている。しゃんと。

それから卵がある。

載っている。依然としてテーブルに。ただ、さっきよりも大きい。

さっきより？

男の子もさっきより大きい、僕は同時に感じる。どっちも同時に大きい、男の子も卵も、だったら問題はないんじゃないか？　そう考えて、まいったな、寝惚けてるんだな、俺は、とも思う。存在感を増した卵にはウズラのそれのような柄がある。柄というか、卵の殻のは模様というんだろうか。そしてその卵は、ウズラの卵より五倍か六倍は大きい。

男の子がこっちを向いた。

卵といっしょに大きさの変わった男の子が。

十歳か十一歳、そんな顔に見える。

けっこう僕をちゃんと注視した。訊きたいことがあるんだ、と直感した。

「お母さん？」

僕は訊いてみた。

子どもがちょっと眉根を寄せた。

「トイレに行ったようだよ」と僕は続けた。

「はい、行きましたけど」

その返答を聞いた時に奇妙な揺らぎに襲われた。わずかな心の揺れだ、思いがけないことだったのでちょっと動揺した、男の子の言葉は訛っていたのだ。そのイントネーションが、標準のものからは遠い、そして僕には馴染みがある。

「なら、いいんだけど」と言いながら、僕は尋ね出していた。「ねえ、東京からどこに帰るの？」

「東京に帰ります」

「この飛行機はね。成田にね。でも、お母さんと、それから電車に乗るんでしょう？」

「乗ると思う」

「それから新幹線？」

「どうして？」

その、たった四文字の返事が訛っている。とても懐かしい訛り方をしている。間違いない、同郷だ。母親には訛ってたような記憶がないな、と思いながら、無意識に僕はその子に笑みを向ける。今時の小さい子どもで、にもかかわらず、きつい訛りがあるなんてな。祖父母に育てられたとかなんだろうか？　そうか、それであの母親は、ああいう接し方で？　でも、小さい子ども？

もう八歳には見えない。

十一歳か、……十二歳？

それから揺れた。心ではないものが振動した。視界が、一瞬、ガタンと揺さぶられたのだ。エンジン音はしない。しかし機体の揺れがこんなにも全身に感知された。

僕はまだ、寝惚けているな。いるんだな。この意識が寝惚けだな？

気がつけば正面を向いていた。ほら。ちょっと行動に自覚が足りない。

あんなに揺れたんだから、と僕は隣りに目をやる。隣りの隣りに。隣りの女はいない、女の、その子どもが隣りの隣りの座席にいる。

あの卵は大丈夫だろうか。転がり落ちなかったか？

子どもは両手で押さえていた。だから卵そのものは見えなかった。しかし押さえられていて、だから、落ちずにトレイテーブル上にあった。押さえ込んでいるその手の表情《いろ》はやさしい。

「揺れたね。大丈夫？」と僕は訊いた。

「何のことですか?」と男の子が訊いた。僕のほうには視線がない。もう見ていない。

「乱気流かな」

「何もないですよ」

「だって」

「静かですよ」

十三歳みたいな声で言った。そういえば静かだ。そういえば機内アナウンスもない。十三歳?

誰も騒がないな、と僕は思う。そんなに寝入っちゃってるのか。みんな、熟睡?

正面に向けた顔のその視界の、左側、通路のわずかばかりの遠近法に目を凝らした。ディスプレイ、小さなディスプレイ、もっと前方のもっと小さなティスプレイ、どれも沈黙している。光が落とされて眠っている。誰も映画を、観てないのか。コンピュータのディスプレイもない、仕事のために開かれたコンピュータがない。ほんとだ、眠りの時間だ。読書灯も見当たらない。

まあ、それも、いいか。

そう思ってから、何が？　と考える。

前から妙だって感じてたものな、映画を鑑賞したりゲームをやったり音楽番組を視聴したりすると、全員が空中の一点を、ひたすら前を見ているってことが。

変な凝視で、飛行機を前進させているみたいに。

ジェットエンジンに推進力を付与しているみたいに。乗客がほぼ一丸となって。サイキックなエネルギーで。

そう、やっぱりその、お祈りみたいに。

「その卵さ」と僕は男の子に訊いてみた。「君の、軽食みたいなもの？」

「ケイショクって説明してもらわないと、わからないけど」

「軽いね、食事。だから、あれだ、おやつ」

「違いますよ」

その声に怒気が孕まれている気がして、驚いた。

「ごめん」とだけ僕は言った。

僕は、何を間違ったんだろう？

視線を落とすと、男の子の足が見える。靴は脱いでいる、そしてスリッパを履いている。そのスリッパが小さい。やけにサイズが合っていない。ああ、成長したんだな、と僕は思う。だって十三歳だから。

「いいんですよ」と男の子が言っている。やっぱり十三歳の声だった。「僕はね、守らないとならないんですよ。守護しないと。食べる？　食べるだなんて！」そこにはやっぱり荒らげられたトーンがある、が、声量は抑えられている。ほとんど囁きだ。「ほら、こうやって温めないと。そこまでしてやってるんですよ。こっちの世界に出してやらないと」と言った、その囁きが訛っている。抑揚がとても懐かしい。

僕は、僕の町を思う。東京に出るまでに十八年間暮らしていた、僕がみずから去った町。地方だ。明治時代に砂金が出た。川に出て、それから開拓されたに等しい土地だ。大正時代にはもう黄金《きん》は採れていない。ただのローカルな発展のしかたをする。その町で、僕は土器を掘った。

小学校の中学年とか、そんな頃に。

砂金はもう採掘できないから、川辺の土手で、縄文土器を。

きちんと形の残ったものを掘り出せば、町の郷土資料館に引き取ってもらえた。

褒めてももらえた。ほとんど褒められたことのない子どもの僕が、他人から褒められた。父母からは、特に母親からは存在しないもののように扱われていた僕が（その理由はいまも不明だ）、発掘によって価値を認められた。

それからいろいろはじまった。土手に腰を下ろしていると、過去がわかった。ここに過去があり、縄文時代にも人間がいた。こんな僻地に？　そう、いたのだ。見えないけれどもいたのだ。それは感動的だった。僕にはきょうだいがいた。兄が一人。齢は離れていて、僕が土器の発掘に飽きて、それでも土手に腰を下ろしつづけていた小学校六年の時に自衛隊に入った。陸上自衛隊だ。

土手にいると、過去はリアルに現われた。振り返って思うと、全部が馬鹿げているけれど。でも、感じはじめたのだ。弥生時代は簡単にわかって、縄文時代はもちろん軸のようにあった、その前もある。縄文時代はかなり古い、かなり遡れる、その前に行った。その前の気配を、つかめるようになった。影だ。巨大な象よりも、もっと大きな生物の影。列島にいた古代生物の影。それどころか、日本が列島ではない時代の、大陸の一部——縁《へり》——でしかなかった時代の、いろいろなものたち。

そうか、と僕は思ったのだ。幽霊を見るなんて、安っぽい能力だな。人間の幽霊しか発見できないなんて。

僕は、ここまで見られるぞ。

それで、小学校にも連れていったのだ。影を。二匹いた。プロトとティラノ。そうだ、巨《おお》きな爬虫類。プロトには鸚鵡《おうむ》みたいな嘴《くちばし》がある。ティラノは前足がなんだか極端に小さい。種類のことは図鑑で調べた。

それから他にもいた。鳥だ。本当は爬虫類の鳥。そいつらのことは、僕は、中学校にまで従えた。そいつらの影を。グラウンドの空を舞っていた。待機していた、それが僕にしか見えない。その時、僕は十三歳で、いよいよ母親は団地のその住まいから姿を消して、僕は祖母にだけ育てられ出して、そうだ、兄貴はもういなかったし、だけど中学二年の時には――。

「君さ」と僕は男の子に言った。

「もうちょっと、声をひそめて」と男の子が僕に言った。「質問は、そっとお願いします。でも、大丈夫、答えますよ」

「ふたつするよ」

「何を?」

「質問を」

「答えられれば答えますよ。おじさん」

「飛行機の窓ガラスって、ほんとにガラスなのかな。透明だけどさ。離陸した時には見てたでしょう？　どう思う」

「ガラスだけど、ただのガラスじゃないんじゃないかな」

「なるほど。じゃあ、あとで、その窓覆いをひき上げてほしい」

「わかりましたよ」

「それから——」

「卵のこと？　この卵のこと？」

「そうだ」

「おもちゃじゃないよ」

「うん。軽食でもなければおもちゃでもない」

「持ってきたんですよ。その前に、この卵も、見たし」

「見た？」

「見たんです。飛行しているのが見れたんだから、その、影みたいにね、だから、卵だってね」

「じゃあ訊きたいんだ」

「それが質問ですね、おじさんの?」

「ああ。君は、約束したか?」

「しましたよ」と男の子は言った。十三歳の声で言った。「お前たちのことは忘れないし、いつだって過去をここに置いてやるから、僕が過去になる時には、助けろよなって。現われるんだぞって」

ピキと音がした。

殻が破れる音がした。

それから、どん、と音がした。それは、どん、どっ、轟《ごう》と響き出した。

そうだ、ずっと前から響いていたのだ。アナウンスはほとんど叫喚と化し、通路は揺れていた。酸素用のマスクが天井から下りてきていた。そして灯りは、灯りは消えていた。読書灯どころかひとつもなかった。闇。そうだ。それは人工的に産み落とされた夜だったのだ。

僕は、窓の覆いを上げて! と男の子に言った。

言う前から、男の子は上げていた。手を、もう伸ばしていた。卵から離して。

その卵が割れる。その卵から孵る。

しかし僕の目が見るのは外だ。窓の外、暗かった。時間帯的にも高度からいっても暗いはずはないのに。違う、それは夜じゃない。そこに、巨大なものがいたのだ。巨大な生物が、寄り添って飛んでいたのだ。いや、飛んできたのだ。

翼手竜だ、と僕は思う。

僕は、笑う。

そうだ、シートベルトを締めるんだ。死ぬにしても生きるにしても、約束が守られたからには、僕はひとつも投げ出さない。本当に独り立ちするための努力を。

32

殺伐ちゃんが将来なりたいものは気象予言士

クラスに女の子が転校してきたんだけれど彼女の父親は海洋観測船に乗っていてそれで親子もろとも海に落ちたことがあるとかなんとか言っていて荒海に転落したあげくに無人島に漂着して暮らしてその島での生活はけっこう苛酷だったわとかなんとか言っているので私たちは彼女を殺伐ちゃんと名づけた。

当たり前だけれど殺伐ちゃんには異様なオーラがあって私たちはそれに初めから息を呑みそれで普通だったらこうしたタイプの転校生は苛められたりするのかもしれないけれど私たちは気を抜いたら殺伐ちゃんに薙ぎ倒されてしまうのが直感できたので苛めるどころかウェルカムな態度でどうにか殺伐ちゃんを理解してみようと試みた。

二週めの給食の時間に騒動があったけれどもそれは殺伐ちゃんがとっても日本的

な和洋折衷の献立に愕然としたからであって話を聞いてみたらクラス担任もしきりに肯《うなず》いてしまってその情報は給食室まで伝えられて調理師が三人殺伐ちゃんとメールアドレスを交換するまでに至って私たちの間には大いなる敬意というものが育まれた。

でもそんな殺伐ちゃんがクラスで飼っている魚たちに手を出した時にはギョッとして三十人ちゅう二十一人か二十二人は目をむいたけれども手を出したといってもデメキンをしばいたとかそういうことではなくって水槽を二日か三日間だけ謎めいた液体で濁らせてその後には魚たちの大繁殖が起きて私たちは率直に言って仰天した。

その謎めいた液体はじつは醤油だったとかいやいや魚醤というアジアっぽい魔法の調味料だったとかクラスではいろいろ囁かれたけれど殺伐ちゃんはうふふと笑うだけで本当のことは教えてくれずそれでも私たちに向かってなかなかの推理だわねとか魚醤というのはちょっとは近いわねとかなんとか言ってくれて私たちはポイントはやっぱり魚介だなこれはと推察した。

ひと月が経つと殺伐ちゃんにはどうやら得意料理があるらしいとの噂が広まりど

うもラザニアがそうらしいということは男の子も聞きつけたけれどもそのラザニアにはミートソースはけっして使われずに代わりに魚介のソースが使われるのだと突きとめたのは三人の女の子だったのでこの後の三日間はクラスでは女子《ガールズ》が優位に立った。

「アサリがね」と殺伐ちゃんは言った。「ゴロッと入っていないとね」

このフレーズは校長先生の翌週の月曜の朝礼でも引用された。

私たちはなんだか全教育者から〝殺伐ちゃんに質問をしてもいいよライセンス〟を授けられたように感じてそこで本人にアンケートをとってみたところ好物はピータンでオランダ語が話せて掃除の時はできればリーダーをやらせてもらいたいと願っていることがわかった。

殺伐ちゃんはけっこう音楽が得意で私たちは殺伐ちゃんの得意科目って音楽だよねとも訊いたのだけれど殺伐ちゃんはどうだろうなあと首を傾げて本当は式典でね君が代のかわりにねパンク君が代を歌うのが得意なのだけれどこれは科目ではないわねと答えたので私たちはうわーと叫んだ。

そのうちにクラスであなたたちの将来なりたいものはなんですかって課題という

かお題が出て当然のように私たちは自分がどう回答するべきかに集中したのだけれども同時に他の人はどう回答するんだろうと思ったし誰であれいちばん気になったのは殺伐ちゃんの答えだった。

「テレビでさ」と殺伐ちゃんは語り出した。クラス担任までゴクッと唾を飲んだ。

「天気予報の番組、あるでしょう?」

あるある、と私たち。

「あるわよね? お天気番組、お天気ガイド。あれね、どのチャンネルの、どの時間帯のも、本当に天気予報だって、みんな思ってるでしょう? 嘘よ。それは嘘なの。だいたい八つに一つは、予報はしてないの。予言しかしてないの。わかる? みんなわかる? 先生、わかる? 予報はね、外れちゃうことも多いわ。だって予測したコトガラに過ぎないもの。でもね、予言はね、外れない。だって予言なんだもの。ほら、ばっちり当たっちゃうお天気番組って、たまにあるでしょう? あれ、予言。たまに結果ばっちりのお天気ガイドがあるわけで、それ、予言。そういう時、気象予報士は仮の姿よ。あの人たち、本当はただの人間を超えてるのよ。ビヨンド人間よ。ビヨンド・ヒューマンよ。この人たちには『当たる確率』なんて関係ない。

だって、起こしてるんだもの！　あたし、それになろうかなあって思って。はい、こちらの天気図をごらんになって、ほら、荒れた天気がいっぱい来ますわよ、暴風、高波、大雪、猛吹雪、だからお気をつけになって！　猛吹雪が来るんだから猛烈に反省して！　これは人類の罪よ、罪！　とかってね、あたし叱っちゃおうかなってね。ちゃんとノーマルな天気図ならぬ『気象予言図』出してね。きっと、あたし、人類をネクスト・ステップに入れられると思うの。どうですか？　みんな、どう思う？」

一〇〇パーセント賛成だった。もちろんクラス担任も。その担任の先生の指導のもとに、私たちはＮＨＫに推薦状を送った。

ロック・4マイナス0

　雅弘はやっと獰猛さをつかんだ。それは、単なる一リスナーであった時にはつかめていたものだったけれども、いわゆる「ただのファン」から関係者になったところで見失われて、その後、戻ってこなかった。要するにバンドが解散するまでは。

解散して、こうして一年強が過ぎるまでは。

　獰猛さとは音に秘められた性質だった。

しかも、それは四人がいっせいに奏でた瞬間にしか立ち顕《あら》われない。

だからファンになったのだ。

　ファンになって、しかし関係者になるとは思わなかった。いわゆる「大手のレコード会社」に就職したのは、もちろんポピュラー・ミュージックが好きだったからだし、それを仕事にできたら最高だと考えていたからだ。そうした現場にいたい、携わりたいと思っていたからだ。そうした？　だけど俺はどんな現場を想像していたんだろう、と雅弘は振り返る。音楽が産まれる現場か？　レコーディング・スタジオか？　それともライブの会場か？　バックステージ？　俺は、経験したっていったら全部経験した。いろんな場面に立ち会った。で、それはどんな現場だったんだ？

いわゆる「大手のレコード会社」の、五社の面接を雅弘は受けて、一社だけ通った。それがそのバンドの所属するレーベルのある会社だったことは、偶然といったら偶然だ。もちろん採用通知が来たら、その会社の一員になることはわかっていたから予期はしていたとは語れるけれども、しかし、と雅弘は思う、俺は何を予期していたんだ？　最初は一年間、営業部署にいて走りまわる、もちろんそのバンドのCDも売る、いろんなプロモーションを企画する、いや企画はしない、すでに持ちあがった企画の、こまごまとした細部の立ち上げのために奔《はし》りまわる、まわらされる、週末は全国を移動する、大型CD店のある地方都市をつぎつぎ。いわゆる「営業チームのどさまわり」。しかしそんななかでも、そのバンドの販促にじかに関われる時は、うれしいと思った。あ、俺、売るんだと思った。これをみんなに届けるんだと思った、みんなに、世間に、この獰猛さを。

ほら、触れてみろ。

ほら、感じてみろ。

凄《すげ》えだろ。

しかも、俺なんて、いまや「ただのファン」からスタッフだぞ！

メンバーに会ったこともないのに自負して、そして、うれしかった。もちろんメンバーを遠巻きに見ることはある。上司に命じられて、かたわらに控えて、営業部の新人です、って名刺を渡したことだってある。受け取ってはもらえた、顔を憶えてはもらえなかった。ぜんぜん。当たり前だ、俺はいわゆる「大手のレコード会社」のシステムのいちばん下とか端《はじ》にいるんだから。

いたんだから。

それから制作部に回る。移された。やっほー。

それから二年で、そのバンドの担当になった。え？

最初はもちろん三人の専従者がいるうちの一人だ。いちばん下っ端、肩書きはアシスタントなんとか。実情はアシスタントなんとかの使い走り。けれど、これでホントにそのバンドのチームの一員となった。メンバーに顔も憶えてもらえた！それどころか「マサヒロ」と下の名前で呼んでもらえて、じきに縮めて「マス」とか言われて、リリースされたCDのクレジットにも本名の間にmassなんて愛称がミドルネーム風に書かれた。あの時の感動！

A&R// Hattori ‘mass’ Masahiro

最初、俺は黙っている。俺は熱烈なファンだったことは黙っている。それじゃあ仕事になんないいんじゃないかって思って。敬遠されるっていうか、メンバーに警戒されるって思って。この業界では常識だ――「『ただのファン』は仕事には使えない。それが熱烈であればあるほど」。傾向として、バンドを理想化しすぎた連中は、その素に触れて固まる。あるいは、自分の理解のほうが深いはずだから（そのバンドの音楽に関して）、作り手のバンドのメンバーにまで頑《かたく》なな態度をとってしまいがちになる。意識的であれ無意識的にであれ。どこかで「メンバーはこの音楽がどこに届いているかわからないのだ、私はわかっているのに」とメンバーよりも優位に立ってしまうのだ！

だから、使えない。

それで、黙っていた俺はどうだったのか？

雅弘は振り返る。黙っていたことはよかった。メンバーに警戒されなかった。四人の、誰にも。しかし俺が、その素に触れて固まらなかったかといえば、固まった。ちょっと固まっていた、じきに慣れたけれども。問題は「理解」のほうだった。俺は、このバンドが出すべきは――録音物の内側であれライブの会場内であれ、鳴らすべきは――獰猛さだと思っていたし、それを尖らせること、それを遠い遠いところまで届けることが、バンドの使命だと思っていた。一種の使命であるはずだ、と。これは確信だった。俺は確信していて、と雅弘は思う、しかしメンバーは確信していなかった。

「マス、違うよ。なんかお前、初期のヒット曲にこだわりすぎなんじゃないのかな。あの当時の乗り《グルーヴ》に。けどさ、今は今だし、時代は時代だし、だから俺たち、変わりたいんだよ」

「いや、俺、ただのファースト・アルバム回帰とかセカンド回帰とか、言ってるわけじゃ……」

「ま」と別のメンバーが答える。「セカンドは売れたからな」

「でも、それはCDが売れるなんてことが起きてた時代だから」とまた別のメンバー。

「そうだ」と最初の、シンガーが雅弘の目を射貫いて、言った。「違うんだよ」

意見を伝えようにも、その前に拒まれた。そしてドラマーは、会話には混じらなかった。

ドラマーは歌詞も書いていて、それがこのバンドの特徴で、シンガーは言葉は担わなかった。曲は、シンガーとギタリストが半々に書いた。スタジオ内ではベーシストが主導権をとった。そういうのは抜群のバランスで、たぶん実にユニークなこのバンドの個性だったし、スタジオにいる時、ガラスで仕切られたブースのこちら側——制御卓《コンソール》のある側にいる時、ソファに沈み込んでPCのキーボードをぱちぱち叩いている時、A&Rマンとしての仕事に努める時、しあわせだった。雅弘はしあわせだった。そこにはまだ昂揚というか、うれしさがあった。

しかしそれ以外の時は。

シンガーとドラマーが、口をきくことがない。

シンガーとドラマーが、いっしょにいる時がない。たとえば打ち上げなんて、ない。

もちろんシンガーもドラマーも、普通の人間とおんなじ程度には性格が悪い。雅弘は、それを「俺が時おり悪いのとおんなじ程度に」とちゃんと把握している。だから我慢できる。我慢できないことは他にあるのだ。いっぱいあるのだ。たとえば、シンガーがドラマーをひそかに罵る時には、当然ながらそちらの味方になる必要があって、ドラマーがシンガーを腐《くさ》す時には、そちらに同調する必要があって、しかも二人とも、「結局はお前らディレクター・サイドは売れればいいんだろ？　音じゃないだろ？」と切れがちで、その時はいわゆる「大手のレコード会社」の悪い社員としてティピカルに扱われて、へらへら媚びながら謝罪する必要があって、次にシンガーはお前らはドラマーと組んで、全員この俺を胸糞悪いって思ってるんだろと言い、ドラマーはお前らはシンガーと組んで、俺のことはここから追っ払いたいわけだよなと言い、そんなふうにあっち側にやられ、こっち側にやられることに辟《へき》易《えき》した。

なあ……、と雅弘は思った、……こんなことのどこに獰猛なロックンロールがあるんだよ？

こんなの……、と雅弘は思わざるをえなかった、……ただの糞世間バンドじゃないか。

俺、気ィつかってばっかり。

俺、踏まれてばっかり。雑草かよ。

あんなに……あんなに、あの音が好きだったのに！　別格に！

じきバンド内の人間関係は崩壊する。雅弘が制作部に移って四年半、担当になって二年半、もしかしたら二年と半年も保《も》ったのだから「じき」とは言えない。しかし、最初から巣食い、進行していて、それが爆発というか決潰《けっかい》したのだから「じき」だと雅弘には感じられた。メンバー四人が解散を決めた時にはホッとした。そこから雅弘はしっかりと「大手のレコード会社」のいわゆる社員であることに徹底した。解散を売り物にしたのだ。解散の発表、カウントダウン、解散ライブの設定（二万人収容の会場）、チケットの売り出し、いわゆる蔵出しライブ・アルバムの緊急リリース、その他のさまざまな仕込み。

つまり、会社に儲けをもたらした。

雅弘は思った、俺はやっと会社側に立てたんだと。

俺はやっと……やっと、ファンなんてやめられたんだと。

解散ライブでは、涙も出なかった。

「たいした音じゃないな」とまで思った。もう、この四人は、関係が壊れちまったからな、と納得した。

バンドの関係者として、思った。


地上から一つのバンドが消える。

たいしたことじゃない、と雅弘は思う。

しかし会社員としての雅弘には、仕事が残っている。契約期間（バンドと会社間の）は、まだ続いていて、だから、まだ稼げる。つまり、解散したというそれ自体をコンテンツに。雅弘は、消えてしまったバンドの、最後のライブ演奏のＤＶＤ化を進めて、マーケットに出す。

「けっこう売れるもんだな」と雅弘は言った。発売の二週間後に。

発売の三週間後から、何かが気にかかる。

気にかかっていることを雅弘は認めない。

発売の半年後には、あのライブ、今度暇があったら、観返そうかなと思う。DVDで。モニターの画面で。

しかし暇は訪れない。


ひと月かふた月が経って、雅弘は唐突に会社を休む。

一日だけ。気がついたら、「熱がある」と会社に電話を入れていたのだ。朝。そして自宅のリビングに座っていた。ソファに。腰を深く下ろしていた。沈み込んでいた。

手に、そのDVDのパッケージを持っていた。掌《てのひら》の内側で転がしていた。表に、裏に。

自分の体の中に、心臓が二つある気がした。

右側の心臓のビートを感じた。なんだこれ？

雅弘はプレイヤーに、盤をセットした。

それから、観た。

音は、獰猛になっていた。四人が奏でて——壊れてしまった四人が奏でて、そして立ち顕われていた。さまざまな瞬間に。もしかしたら、ほとんどの瞬間に。

雅弘を慰撫するように鳴っていた。

ロック、と雅弘は思った。

ここでは誰も欠けていない。どうしてだかわからないけれども、欠けていない、一人も。

それに、俺も、と雅弘は思った。雅弘は泣いていた。

ホノカには名前が二つある。一つはもちろんホノカで、これが本名だ。しかし知られていないほうの名前は香歩《かほ》だった。世間に知られるように作られた名前だったからだ。つまり芸名で、もしも名前の「価値」を測る秤《はかり》があるのならば、後者のほうが重い、とはっきり測定しただろう。ホノカは、十四歳からアイドル・グループに所属して、それから——いわゆる——女優になり、三十一歳のいまも事務所には所属している。しかし仕事は続けていない。結婚して、やめたのだ。それが四年前のことで、夫からも香歩とは呼ばれないことから（呼ばないことこそが、夫には「所有」の証しらしかった）、芸名との距離を感じ出した。実際、メイクを大胆に変えて度の入っていない幾種類かのデザイン性の強い眼鏡を掛ければ（コンタクトレンズはもちろん装着している）、そちらの個性が世に流通する「香歩」のイメージを消去した。ほとんど声をかけられたり、写真を公《おおや》けにか秘かにか撮られたり、それをインターネットに流されたり、等、はしなかった。「香歩ではないのだ」と、だから思った。「あたしは香歩ではない。香歩は、いるのだけれども旅に出ている。そんな感じ。あたしはいて、でも香歩は、あたしから隔たる。何メートルか……何キロか……何千キロか……」

香歩は世界旅行ちゅうなのだ、そんなふうにもホノカは思った。

その認識が芽生えてからなのだが、衝動は戻ってきた。盗《と》りたいという衝動だ。ホノカには盗癖があり、それを何人かの男たちはデーモンと呼んだ。「ねえ、あたしには盗癖があるの」と告白すると、男たちは「君はデーモンを抱《かか》えているのか！」と返したのだ。困惑して。はっきりと動じて。そのために通俗的な、デーモン、という似非《えせ》精神医学用語を使って。

揃いも揃って使って。

動じられることをホノカは求めていなかったので、つねに失望した。ホノカを失望させなかったのは夫だ。いま現在の夫。この男だけが「聞いてるよ。ホノカちゃんには、昔、盗癖があったんだってね」とほほえみ（それはプロポーズ以前のことだから、実際には、香歩ちゃんには、と呼ばれたわけだったのだが）、続けて「君のなかにはデーモンがいたんだねえ」と語った声音に、明らかに讃美が滲《にじ》んでいるのを感じて、ホノカは感銘を受けたのだった。

そして、その瞬間に理解したのだ。

あたしは讃《たた》えられることを求めていたのだ、と。

凄いね香歩（あるいは「凄いねホノカ」）、デーモンに憑かれているんだね、本当に凄い、と。


心の病はデーモンです、あらゆる心の病がデーモンです、というフレーズとその変奏《バリエーション》が世の中に流通し出す、その何年も何年も前からホノカには「盗る」という悪い癖があった。なにしろ最初の記憶が母親の声と、それに伴う画《え》なのだ。母親が言う、「だめ。盗るのは」と、そして肩が押さえられる、母親が背後から、押さえ込むのだ、肩ごとホノカの腕を、どこかのお店で。そこには禁止のバ、イ、ブ、レ、ー、シ、ョ、ン、がある。強烈な「してはいけない」という命令、それを声の調子に、それから摑んだ力に感じる。母親の掌《てのひら》の力に。二つがうち混じって、悪い、悪いと言っている。

悪い行為。だからホノカは「盗る」のは悪い、と理解した。三歳児だったろうか、もっと前なのか後なのか、ちゃんと理解して、その母の躾けを容《い》れたという風《ふり》をした。ホノカの最初から二番めや三番めの記憶は、どれも「褒められている」ものだった。それも、かわいいね、とか、図抜けているんじゃないかな、とか、もう綺麗すぎだよ、とか。そして容貌への賞讃がどんどん勢いづきはじめる十歳から十二歳にかけて、ばれずに「盗る」ための技術をホノカは研ぎすまし切った。

それは、洗練、と言えた。

洗練されているからこそだが、ピュアで、速かった。美しかった。

ばれる時はあった、もちろん。三年に二回程度だが。タレントになってからは事務所が何度か裏でクリーニング（その筋で言う「後始末」）に動いた。しかし、ばらす時もあった。ホノカが自分からだ。つまり、「ねえ、あたしには盗癖があるの」——と。男たちにばらすのだ。

シンプルに言えば（あるいはホノカ自身がシンプルに考えているところでは）、それは愛の告白であって、既婚者のホノカである現在ならば讃えられることを欲していたのだとわかるが、当時はそうではなかった。過去のそれぞれの時点においては、保護を求めているのだと思っていた。庇護を求めているのだと思っていた。あたしはこのボーイフレンドたちがどこまであたしを庇《かば》えるのか、試しているのだ、そう思っていた。あるいは、どこまで愛《いと》おしがるのか。それなのに反応は、まずネガティブ一辺倒だった。責められた。そして「デーモン！　デーモン！」と騒がれもした。ホノカはちょっと仰天した。そう、ホノカは仰《の》け反ったのだ。いずれのボーイフレンドを相手にしていても、毎度。

　ホノカには、罪深い（その「盗る」癖が、罪深い）という意識はなかったから。

「あたしは」と訊いたのだった。

「君は、なんだ？」と言われた。

「『来てもらえるのかどうか』を質問してるの。あたしが捕まった時よ。その身柄の、引き受け？　それとも引き取りっていうの？　普段は事務所がするそれを、身内みたいに、家族に代わって、あなたがしてくれるか。それが『来てもらえるのかどうか』なの。あとは払ってもらえるか」

「支払いか？　万引きした商品の？」

「代金を」

「あのな、君は、なんだ?」
絶句されたのだった。あるいは激昂されたのだった。しかしホノカは言いたかった。あたしは、あなたの恋人なんじゃないの? こんなふうに「なんだ?」って言われたって、だから、恋人なんじゃないの? ホノカには種々雑多なボーイフレンドがいたわけではない。同じ業界の人間に限られていて、しかも平均して三人に二人はひと回りちかい年長者だった。あたしは何も難題を言ってない、とホノカは思った。あたしは問題がありすぎる値段のものは盗らないから、払えないはずがないし、あたしを庇えないはずが、護れないはずがない。しかし彼らは一様に悪魔憑き《デモーニアック》を眼前にしたように反応し、すなわち讃美するどころか忌《い》みはばかったのだった。

二十四歳を過ぎてから、ほとんど唐突にと形容してよかったけれども、ホノカの衝動は収まった。それ以降も年に一、二回は盗った。ただ、それは「技術を鈍《なま》らせないため」との、いわば実際的な理由に尽きた。この辺りからホノカの愛の告白は、やや時制を変えて、あたしには盗癖があったの、と過去形になるが、それはボーイフレンドたちの鬱陶しい分析を招《よ》んだ。精神分析だ。しかも似非精神分析。たとえば、二十四歳というその時期をやたらと意味づけした。

「ほら、アイドルをやめただろ？　アイドル・グループを卒業した、だからだよ。ああいう順位のある世界の競争が、そのストレスが、君にデーモンを憑かせていたんだ。ああ、かわいそう！　ああ、香歩ちゃん！」

芸名で呼んで、しかも俺は分析し切ったぞという満足顔を示した。

馬鹿みたいと感じて、そのたびに、あとは数日と保《も》たない関係になった。


ホノカが思うに、夫は素晴らしい。衝動がホノカの内側に帰ってきたことに歴然《ありあり》と気づいている。そのうえで夫は、あのデーモンがらみの讃美がフェイクだった、なんてことにはしないのだ。ホノカは、夫が自分を止めないこと、デーモンに憑かれた（憑かれ直した）自分を是認して、それに加えて護ろうとしていること、をはっきり認識する。しかも護り方がふるっている。ホノカはもう一般人だからね、香歩ではないからね、僕の妻だからね、たぶんそう主張したいのだろうと感じるのだが、「（一般人を）適切に護る」ということを実践した。

ホノカは承知している、あたしには尾行が付いている——と。

外出するあたしに——と。

興信所？　そういうのが追跡して、あたしの足取りを、あたしの運転する車を、
それからあたしが「盗りそう」なところに入ると、お店の側と夫のその両方に通報して、あたしには見えないふうに支払ってしまうのだ。

つまり、とホノカは整理する。

あたしは盗む。

けれども、あたしが盗んだ商品は。

夫に買われる。

もう買われている。

あたしは買わない。

あたしは、棚にあった品物《もの》が、もう、ない、という感じに、消去するだけ。

あたしは消す。

その「消す」技術を、あたしは高めるの。もっと、もっと。

そしてホノカはさらに整理する。ええ、香歩は旅行に出ています。何キロか、何千キロか……、どんどん離れます。いま頃は北欧？　でも、いるんです。いるのだ

けれどもここにはいない。

ホノカの夫の年収は億を超えている。ホノカと夫の年齢差は、二十一。子供はいない。現在までのところ、作る予定もない。しかし夫には前妻との間に二人の子供がいる。すでに成人している。


初めてのショッピング・モールに入った。その駐車場に。まずは二、三分間ほど確保した駐車スペースで——運転席に収まったまま——時間を潰す。これは遊戯《ゲーム》なのだ。ここにいて、追跡者を待つこと。あるいは見出すこと。もちろん追跡者はいる。発見してから（尾《つ》けていると確認してから）車外に出る。施錠。ホノカは、それからぶらぶらする。まずは駐車場を。胸の内側でデーモンが「飢えたなあ、飢えたなあ」と囁いているのを聞く。かわいらしい声、と思う。数メートルごとに猫のイラストを配した掲示がある。さほど和やかなものではない。餌をやらないように、と警《いまし》めている。ホノカは、このモールのこの駐車場の敷地には、敷地に隣接したどこかには、じゃあ猫がいるのだと知る。きっと、いっぱい、と思う。

猫の繁殖を連想する。

繁殖しているノラだ、と認識する。

飼われていないのだ、と言い換えてみて、自分には夫に飼われている感覚がある、と認める。とても嬉しい飼われ方だ、喜ばしいの、だって自由だから。ホノカは、「飼われることは拘束ではない」と、あっさりと自らに断じる。モールの入り口に直行はしない。その外、屋台のエリアに回り道する、わざと。フードストリートと銘打たれていて、流行《はや》りのB級なのにお洒落を狙った路線で、レア感を煽ったハンバーガー（全国に三店舗しか出店していないオリジナルブランド）、ソフトクリーム（地元食材で開発したオリジナル物）、たこ焼き（「関西風《ウエスタン》」のコピーが躍る）、その他が軒を連ねる。ラーメン、パスタ、蕎麦、が数十種類提供される「麺's」という屋台もある。メンズ、と読ませるのだろうとホノカは思う。覗き込むと若い男性店員ばかりが調理していた。名札にイケメン1、イケメン2、等とある。馬鹿みたい。ホノカはこうした屋台に関心がある風《ふり》をする。もちろんホノカは追跡者を捜している。視界の隅に。あるいは隅のさらに彼方に。

興信所の人間。探偵？

これは遊戯《ゲーム》だ、とホノカは愉しむ。

あたしは夫に飼われている。そして、あたしは最高に自由で、いつか監視されないで盗む。

出し抜かないと。

出し抜いて、捕まらなかったり、捕まったり。

捕まったり、と考えて、ホノカは思わず笑《え》んでしまう。

モール内へ。ここにはファッションから玩具、インテリア、生活雑貨、コスメ、そして書店からCDショップまで、名の通った大型店舗が数々入っている。どれにしたらいいのか。どこにしたらいいのか。いつ撒けるのか。探偵を、だ。レストランとカフェ街は素通りする。吹き抜けのホールはぐるぐるする。探偵の形《なり》を、体型とかそういうのも、しっかり認める。言葉では憶えない、身長はどの程度、とは考えない。ただ、それを「影」と捉えて、その色彩《いろあい》、速度、追尾の方向を変えるパターン、そうした「影」の癖を記憶する。

この「影」の癖。

悪い癖。

悪いの？　そう思って、また笑みを作りそうになった瞬間に、ホノカは音を失った。

音の喪失を人間が認知できるのは、それまで音があった場合に限られる。そしてモールには音楽と騒《ざわ》めきがあふれていた。前者は各店舗ごとの店内BGMだったし、モールの通路などの共用空間に流される楽曲、その楽曲を背景にしたアナウンスだったし、後者はもっぱら人声だ。それが消えた。

消えるというか、ホノカの体感としては、停まった。

同時に視界に膜が生じた。薄いもの、そして色の着《つ》いたもので、灰色のようだが銀にも感じられて、しかもメタリックな瑠璃《るり》色を時どき感じる。時どき？　あたしは何秒間、何十秒間、この膜を眺めているのだろうとホノカは思って、まだ、この一瞬だ、と自覚し直して、「何？　何？」と慌てた。声にも出した。すると膜が共鳴した。いや、共振だった。

なにーー―なにーー―。

と、うねりながら動いた。

ふぅ、ふぅ、と音に干渉されて動いて、そして消えた。

その消散の直前に、ホノカは「やばい」と思った。これは脳出血かそれに類した致命的な発作《もの》の症状ではないか、と。あたしはこのまま床に倒れ伏すのではないか、と。あるいは、もう昏倒ずみかも、とも。しかしそうではなかった。視界の膜が、消え失《う》せるや、ホノカの目と耳は「何も変わっていない」と認識した。ホノカは立っていた、元の場所に、姿勢は一ミリも(前にも、後ろにも)傾いていなかった。音はあった。BGMがある、いろいろな店舗からの、そして通路のショッピング・モール共有BGMも。

だから変わらない。

変わらない。

何も。

何も?

ノイズが減量されている、とホノカは思った。感知したのだ——「減量《ダイエット》されてるわ」と。

そして視界からも。

さっきと同じ角度の、同じ体勢からの、さっきと同じ明るさの、その光景。しかし減量されている、何かが。

人の話し声だ、と思った。音に関しては。

そして目が捉えるものに関しては、人だ、と思った。いままで目の前にいた人が、横にいた人が、後ろにあった気配が、ない。全然ない。本当に一人もいない。

人間がいなかった。どこにも。

え？　何？

順番に、むしろ手当たり次第に、ホノカは店を覗き込んだ。モールに入っている店舗の内部《なか》を。客がいない、それは不自然ではない、そういうこともあるだろう。不人気店だってあるだろう。しかし、客ではない人間もいなかった。つまり店員だ。どの店舗にもスタッフがいない。いない。不自然だ。ホノカは、無人、と理解して、しかし「無人のはずがない」と拒んだ。当たり前のように理性で拒否した。それから——知らず識らず——ただ一つの人影を捜しはじめていた。言葉では憶えなかったあの「影」、色彩《いろあい》と速度と撤こうとするパターンを記憶したその「影」の、痕跡を。どうしてだか、そうした。どこに隠れているの？　どんなふうに隠れているの？　プロだから、身を隠せるのね？　ホノカは探偵を捜して歩きまわり、つまり無意識に遊戯《ゲーム》を逆転させていて、しかし果たせなかった。いない。いない、どこにも。下のフロアにもいなかった。最上階にも。

そして、誰も。

いない。

誰もいないと認識して、ついに慄然とした。それから思ったのだ――「盗まれた」と。人間が盗まれた、このショッピング・モールから。

それで済むのだと思った。済まなかった。そもそも、それで済む、と考えた内容をホノカはもう顧みられない。どの程度の規模で考えていたのだろう、あたしは？　たぶん、あたしは、モールから人間が盗まれただけだと思っていた。これはモールという、おっきなお店からの盗みなのだ、と。その内側で生じたのだ、と。だから外部《そと》に出れば終わる、そう思っていた。うん、そうは思っていた。駐車場では、まだ何も気づいていないに等しかった。幹線道路に出て、まずい、まずい、やばいと思った。だって、対向車がない。一台もない。そして対向車どころか。

同じ車線にも。

前にも、後ろにも。

走っている車がない。どんな車輛も。しかし路肩に停まってたりパーキングにきちんと駐《と》められていたりする車はあって、どれも、無人だった。もちろん歩道に、歩いている人間はいない。いない。皮膚が粟立《あわだ》ったところで、ホノカは最初に目についたコンビニエンス・ストアの駐車場に車を入れた。異様なハンドルの切り方で。店に入った。なにごともないかのように店内放送がホノカを迎えた。賑やかに。レジに店員はいなかった。誰も彼女を迎えなかった。

それから三日かけて、結局ホノカは起点の場所に戻った。事態の生じた、その起点だ。ショッピング・モールだ。この三日間、彼女は恐慌状態にあった（当たり前のことだが）。自宅にはもちろん帰った。夫を待ったが、もちろん帰らなかった。その間《かん》、あらゆる連絡手段を試して、どれも無駄だった。通じない、受信されない、返信がない。ある時は、これは自然災害なのだと猛烈に思い込んだ。地震のようなものが発生して、そして人が消えたのだ、と。そこにはロジックはない。ある時は、行きつけの美容室に車を走らせた。「一般人」であるホノカと芸能人である香歩の、両方が世話になる、なった美容室。そこならば何かを繋いでいるのではないか、そう感じた。何を、とは問わなかった。問えなかった。床には髪の毛があまりにも中途半端に、刈られて、散らばっていた。あまりにもカットの途中、の様相でありすぎた。美容師はいなかった。その三日間に、食事は摂《と》った。その三日間に、睡眠はほとんど取れなかった。テレビをつけると、一見すると普通なのだが、数番組はつねに異常だった。スタジオが映り、カメラは切り替えられず、スタジオには人がいない。しかもプログラムは終了しない。

最悪だ。

ホノカはその時も、やばい、と思って、それを口にも出した。聞き届ける鼓膜がない事実に呆然とした。いまさらのように呆然とした。

そしてショッピング・モールに戻ったのだった。家にいたってだめだ、そう感じた。やり直すことで、やり直せるかも。そんな同語反復じみたフレーズをたった一つの希望に、まず駐車場に。入れるのだった。以前入れたのとおんなじ駐車スペースに駐めるのだった。二分、三分と待機するのだった。二分が長い。三分は三万年のように長い。ホノカは思う。あたしは頭がやられちゃってるのかも。それが本当の本当の答えなのかも。車外に出た。施錠。それからぶらぶらする。まずは駐車場を。それからフードストリート——あの屋台のエリア。

音がする。

がさ、と音がする。

がさがさっ、とも。

思わず小走りになった。いる、誰かいる、何かいる。ホノカは「誰か」を「何か」に訂正して、それが人間の気配でないのは正しく察しながら、麺'sと看板の出ている屋台に向かった。

猫だ。猫が荒らしている。屋台を。五、六匹いる。むさぼっている。麺だ。スパゲッティか何か。そんなヌードル、それが大皿に盛られて。盛られたものを、咬んで、咬みちぎって、いただいて、むしろ奪いあって。

ホノカがやってきても、逃げない。

奪いあい続ける。

飢えていたのだ。飢餓。

何分間も眺めていた。涙が出てきた。ホノカは考えていた。そのヌードルは、温かい、調理されたばかり、そんなふうに見える、と。もちろん店員たちは、馬鹿げた「イケメン」たちはいない。誰かいるの、と訊いたりもしない。ホノカは、そんなことを叫んだりはしない。それよりも、猫だ。猫たち。あたしはやっと、とホノカは思った、やっと、他の動物を意識できた。他の動物は「いる」って。あたしは、それを意識できなかったのだ。あたしは鴉を見ただろうと思う。雀や、四十雀《しじゅうから》や鳩や。四十雀なんて、ツツピーツツピーって声を聞いただろうと思う。なのに気づけないでいた。

人だけが盗まれている。

こんな、大事なことを、あたしは、とホノカは思う。そして猫たちはむさぼっている。ヌードルを奪いあっている。このヌードルはどこから来たの？　しかしホノカは、涙をぽろぽろ、ぽろぽろぽろと零《こぼ》しながら、作り手を捜そうとはしない。もうしない。

「ねえ」と猫たちに、そっと、邪魔をしないように小声で、語りかける。問いかける――「もしかして、あなたたち、調理した？　その猫の手で？　あなたたち、もしかして、飢えすぎて進化したの？」

あたしも、進化できるほど考えないと、考え悩まないと、とホノカは思った。

この世界で。

68

やさしい雨の降る森

おじいさんは飛行機に乗ってその町に降りてきました。若い頃の話ですから、おじいさんはまだおじいさんではありませんでした。おばあさんは河を船でさかのぼってその町にやってきました。町は森に囲まれていました。二人は町で出会い、恋に落ち、結ばれて家庭をもうけ、子供たちももうけ、子供たちは結婚してそれぞれに家を去って、おじいさんはすっかりおじいさんになり、おばあさんと二人で暮らしました。ある時、森からポコポコ・ポコポコと音がします。こんなにも長い間、町に住みつづけて、森のことだって（全部は無理にしても）そこそこ詳しいと自負しているおじいさんですから、知らない音が届いたことは驚きでした。

「おばあさん、あれはなんの音だ？」

「さあ、なんでしょう」と伴侶は答えます。

「ポコポコと言ってないか？」

「言ってますね」

「ポコポコ・ポコポコと」

「大丈夫」とおばあさんは続けました。「あたしにも聞こえますよ」

そう告げられた瞬間、おじいさんは胸がすーっと安心感で満たされるのを感じました。そうだ、同じ音が聞こえているのだから、あれは不思議というよりも、ただのちょっと違うことなんだ、と。だとしたら、そこには原因もあるし、解決方法もある、と思って、翌日、おじいさんは森に音の出所《でどころ》の探求にいきました。

「一人では駄目ですよ」

と、おばあさんが、自分も森に入る支度をはじめました。

「どうしてだ？」おじいさんは尋ねます。

「あたしにも聞こえない音を、おじいさんが聞いてしまったら、これはもう大変ですからね」

「なるほど。気の迷いにやられちまうわな」

おじいさんは納得し、二人で森に向かいました。

それからおじいさんとおばあさんは、山路《やまじ》を歩きながらあれこれ話すのですが、いちばん感じるのは道のりの長さです。いえいえ、森に通された途《みち》が突然その距離を延ばしたなんていう不思議のことではないのです。若い頃は簡単に歩けたし、さっさと進めたはずなのに、今ではおじいさんとおばあさんは互いに支えあい、腕や肘を引っ張りあい、ふうふう言いながらでないと進めません。それはもう、鈍《のろ》い、鈍い。

「なあ、おばあさん」おじいさんは言いました。

「なんですか、おじいさん?」

「わしらは、こんなにも長い道のりを――」

しかし口をつぐみました。一つには、二人で歩いてきた長い道のりとは、この山路を指しているばかりではないぞ、とはたと気づいたからです。それって、わしらが町で出会ってからの、人生そのものじゃないか。それともう一つ、おじいさんの耳がまたしても音を捉えたからです。今度は前の日に聞こえたものとは少しリズムが違います。ポッコポコ・ポッコポコと言っています。

「おばあさん!」とおじいさんは言います。

「聞こえますよ！」とおばあさんは応じます。

「わしらは、樹という樹に、包囲されているぞ！」

「なんですって、おじいさん！」

そして二人は立ち止まりました。

その時にわかったのです。樹木に本当に四方を囲まれている状態、それこそが森にいるということなんだと。樹木たちは、おじいさんとおばあさんを包囲して、ポッコポコ・ポッコポコ、ポッコポコ・ポッコポコと騒ぎました。やがてポッコラポ・ポッコラポともポッコラポッコ・ポッコラポッコとも言いました。ふいにおじいさんの目から涙が流れました。「……やっと、やっと……」とおじいさんは思ったのです。「わしらはやっと、森がそもそも歌っていたことを、知った……」

「ええ、そうですよ」とおばあさんが答えました。おじいさんは、考えていたことを声に出したわけではないのに、おばあさんにそれを聞かれていました。

おばあさんも泣いていました。

それから森に雨が降りだしました。でも、二人をいじわるに冷やすような雨ではありませんでした。霞《かすみ》のようにおじいさんとおばあさんとを包むのでした。

わしらが死んだら、樹になる、とおじいさんは思いました。おじいさんが思ったことを、おばあさんも感じました。

愛の不在

僕はひと息で話す。僕のママは美人だ。僕には弟がいる。弟は三歳だ。言い忘れていたけれど僕は八歳だ。僕にはパパはいない。弟にはパパはいる。言い忘れていたけれど弟はもうじきパパをいない人にする。僕は右手で空気ちゅうから糸を引き出せるようになった。野球のオーバースローのフォームで投げると糸がぴーって出せるのだ。もちろん投げるのはただの真似だ。でも現われるのは本物の糸だ。糸は、最初の一、二秒間だけ湿っていて、それから乾いて場合によってはきらきらって光る。しかも時おりブルーやイエローの輝きが混じるからまるで昆虫《むし》の複眼やボディだ。もしかしたらモルフォ蝶《ちょう》の翅《はね》だ。それから僕は左手でも糸を引っ張り出せるようになった。ぴーって。つーって。僕は両手投げの投手だ。こんなに才能があったら、僕はいろんな球団からスカウトされてしまう。でも、糸が必要なプロ野球ってどういう競技なんだろ？　僕は、他人《ひと》が見ていないところではしょっちゅう糸を引き出した。一本、二本、……三十本、……七十本。トイレでは個室に籠もって、それをした。僕は、時間を、そうやって潰した。僕はプロ野球の夢を捨てていない。だから額に、僕の好きな広島のチームの、C、このマークをケチャップで書いた。僕は弟に言ったさ。「ほら、お兄ちゃんの額を見ろよ。永遠《とわ》のタトゥーだぜ。真っ赤にしたたるんだぜ」って。弟は笑ったさ。そういう時だけ弟は笑えた。そういう時だけ僕は、ああ僕はちゃんとお兄ちゃんできてるなって思った。それから嬉しくって何度も何度も両手を振った。どんどん糸を出した！　それからある時、僕は、この糸はどこから出るんだろうなって思った。この糸は……どこから来るの？　ある日、弟が泣いていた。こっそり泣いてるんじゃない。ほとんど絶叫だよ、絶叫。僕は、どうしようって思って、僕は、糸しかないって思って、僕は、今まで他人《ひと》には見せていなかったフォームをとって、必死に、必死に、繭《まゆ》をつむいで、僕は、弟を、その中に包んでやった。弟は、ほら、きらきらのブルーとかイエローの向こうに、ほら、いるよ。さあ、泣きやんでさ、さあ、笑ってよ。僕はお前が好きだ。

シュガー前夜

その苗字の音からの連想で、いずれシュガーと呼ばれることになる佐藤美余は、しかしシュガーとなる前には単にミヨと呼ばれ、あるいは親しい友達からミヨッチと呼びならわされ、「十歳を過ぎたら自分がシュガーになる」とは思いも及ばないでいた。その意味では佐藤美余には小学校在籍時に早《はや》、二つの時代があったのだと言える。シュガー期と、それ以前だ。

そして、それ以前に遡れば遡るほど、記憶はどこかでモヤッとする。

佐藤美余はそのことを「まるで生まれた瞬間に近づけば近づくほど、記憶というものは生命力を喪失するみたい」と認識したことがある。常識的に考えれば、いまだ経験していない出来事というのは必ず未来にあって、そちらは記憶しようがない（その手段がない）。いっぽう、過去とはつねに体験ずみであって、しかも、生まれた瞬間以降にゼロから少しずつ足してきている。だとしたら、生命力はもっとも過去であるものが最大となりそう……と佐藤美余は考えたのだが、こうした考えは現実の体感のいっさいによって一蹴された。

困ったことだわね、と美余は思った。

ロンリが通用しないのね、と美余はその眉間に皺を寄せた。

まさに記憶がモヤッとしている（むしろモヤモヤモヤッとしている）八歳か九歳の頃、美余は強烈な体験をした。そのことは、九歳の終わりまでは憶えていたが、十歳を過ぎると忘れた。つまり佐藤美余がシュガーとなると、高学年に進んで周囲からシュガーと呼ばれ、自らもシュガーと名乗るようになると、完全に忘却した。だが、忘れ去られた出来事ではあっても、それが経験されている最中にはあったのだ。それは音として感知されて、糸につながる特別な体験だったし、その時の佐藤美余の意識からすると、むしろ糸として発見されて、音につながったという順序でもあった。今、佐藤美余は記憶の一部始終を洗い流してしまっているが、再現すると次のようになる。

放課後だったのだ。

もう下校していた。しかし、午後二時を少し回っただけの時間帯だった。

美余の小学校は東京湾岸にあり、具体的には品川区との境界に程近い港区の、いわば区内の南東部の「隅っこ」のようなところにあったのだが、あちらこちらに運河が走り、埠頭が横たわり（美余からすると「ごろん」とか「どどん」とか横たわっていた）、とても水と親《ちか》しかった。それも海水とだ。

晴れていると繋留されたヨット類を眺めた。それ専用のハーバーが運河にあった。

その日も晴れていた。

美余の足はそのハーバーを眺め下ろせる橋のほうに向かった。運河に架けられた橋だ。

美余は、しかし、そこで目を音に奪われた。

実際には、それは美余に聞こえるには遠すぎた。しかし美余は聞いたのだった。

それも、視界に何かが見えたから感受したのだった。

それが糸だった。

糸といっても、とても艶々《つやつや》していて、透明か半透明で（視認できたのだから完璧に透明であるわけはない）、時おり黄色や、青色も交えた。キラッとする、ふいにキラキラッと弾《はじ》ける、そういう瞬間に彩りが変わるのだ。

美余には、ムシが出している糸のようだとも感じられた。

しかし気味が悪いとは思わない。

だから追った。これ、何？　この糸、どこから来てるの？　誰が出してるの？

美余は橋の上から、ぐるり、北東南西と見渡した。一回転して。南のほうに視線をやった時に、東海道貨物線のその高架が視界をワアッと占めた。

糸は東に続いていた。

東から来ているのだ。美余は歩いた。

橋を渡り切る。つまり運河を、越えた。そちら側は埠頭で（例の「ごろん」とか「どどん」とか寝そべる埠頭だ）、清掃工場があり、公園がある。もう少し足をのばせば入国管理局も。

公園を目に入れる数分前から、美余は、自分は音を聞いているのだと理解した。音が、糸で、だから糸に導かれて、その音の発生源をめざしている。そうしたことがだんだんとわかった。あるいは、わかりはしなかったが、糸は律動なのだと確かに認識した。そもそもこの耳で、糸を聞いていいたのだなと了解もした。そして、糸のつながる先を、先をと尋ねると、ただちに公園の、その砂場に至ったのだ。子供がいた。女児だ。年齢はたぶん美余とほとんど違わない。

しかし異人種だった。

美余にはその子が「何人《なにじん》」とは言えない。欧米系ではない。東南アジアから南アジア系、そうした子供だったのだが、美余はただ、「異人《いじん》」と認めるだけだ。

砂場にいて、その子はぐるぐるしている。

円を描いている。

靴で、地面に――すなわち砂地に――少々楕円形のマルを描いているのだ。

それから、手に何かを持っている。

それも丸い。

球形だった。

糸はそこから出てきていた。いいや、音は。奏でられているのは絃《げん》の響きで、その球体から二本か三本か、半弧を描くようにして現われる絃があったのだ。それを、異人の少女は、ピンッ、ピンッと爪弾《つまび》いている。しかし生じる音色はどうにも形容しがたい。決して「ピン」や「ポン」ではない。フルルルルルッと空気が顫《ふる》えて、そこに、見えている糸と同じように、黄色の響きが混じる。青色の旋律が瞬《またた》く。それらは消えながら再び顕《あら》われ、しかも色彩的な残響は数秒どころか一、二分持続する。

つまり、それらは糸で、音で、しかも異人の少女の抱えている球体から発せられるもので（その球体のサイズは、直径は十センチをわずかに上回る程度だった）、美余はちゃんと発生源を――糸を生じさせていて、同時に、音を生じさせているところを――探り当てたのだった。

異人の子は、マルを描きつづけている。

「ねえ」と美余は言った。

視線が合った。

「何してるの？」

答えの代わりに、何かを問われた。しかし、美余には答えられなかった。

それは美余の知っている言語ではなかった。

そもそも八歳か九歳のこの美余は、母語の日本語以外はまだ知らなかった。

ただ、美余にはわかった。そうか、この子の言っていることはあたしわかんないいんだから、あたしの言ってることをこの子はわかんない。

だから、とりあえず、砂場に下りた。

その異人の少女の「エリア」と言えるところに入った。

そしてぐるぐるした。

あとを追って、ぐるぐる。

しかも日本語で、語りかけつづけた。

いっぽうで相手も、美余を拒まなかった。自分が描いているマルを、同じように踏まれて、追い回されることを拒絶しなかった。それどころか、何かを「その子の言語」で語りつづけた。そうしながらも、小さな球体はピンッと、またポンッという様《さま》で爪弾かれ、顫動《せんどう》のミュージックを発しつづけた。

すると美余とその子が、同じ音の内側に入った。

マルだ、美余は思った。

糸のマル、と美余は思った。

その中に、入っちゃった。

たぶん、二十分かそこいら、二人は同じマルの内側にいた。それは繭《まゆ》だったとも言えた。

その後の一週間で、三度、美余はこの異人の少女と会う。もちろん同じ時間帯に、同じ公園でだ。マルが描かれている砂場でだ。美余はこの時、この期間に、自分は何かに近づいていると感じる。美余は、うん、何かなんだ、と感じ取っている。だから、尋ねてもみた。「その球、増やせる?」

相手は、増やした。

言葉は、表面では全然通じないが、意味の塊《かた》まりとしてはほぼ理解され切っていた。

楽器である球体を、相手は、二つに分けた。

「あ」と美余は言った。「二つに、増えた。増えたね?」

異人の少女が笑った。

「パコッと、分かれて、増えるんだね?」

それから二人は、球体を一つずつ手に持って、合奏した。どんなふうに弾けばよいかは、もう美余は、すっかり見て学んでいた。

糸は、二種類出た。

二本、出た。

シュルシュルと天に昇り、躍った。

美余はもう、きゃあきゃあと笑った。


その翌週、異人の少女は消えた。あと一時間早かったら、三十分早かったら、下校をどうにか早められていたら、会えていたのかもとは思った。なぜならば砂場に、この日も、マルは描かれていたからだ。しかも前の週のそれよりも深かったからだ。

ねえ、何周したの？　何周して待っていたの？

何周して、それから取られちゃったの？

捕まえられたというニュアンスで、美余は「取られた」と思った。美余はそのように見通した。そう、その異人の少女は、球体の楽器ごと攫《さら》われるというか、奪われたのだ。何かが起きたことを美余は見通し、それが決定的な事件であることもしっかりと見抜いた。

終わることが、終わった。そう美余は認識した。

あたしはもう、糸を見ない。

糸は見えない。

もう見えないの？

それから美余は、帰宅し、食事し、テレビは視聴せず、どんな本も繙《ひもと》かず、もちろん教科書も開かないから宿題にも手をつけず、風呂にはいつもより相当長めに入り、水が温《ぬる》むのを感じ、早めに床に就いて、眠った。

眠れば起きる。それから記憶が、鮮烈な記憶が、モヤッと。一日が過ぎ、ひと月が過ぎ、ふた月、三月《み》。モヤッと。

モヤモヤヤッと。

だが、その経験はあったのだ。しかし一、二年が過ぎ、シュガーとなった佐藤美余は、思い出せない。

シュガーは語れない。「あたし、異人と異語《いご》で、話したんだよ」

糸とライオン

名前は自分では選べない、ということをあたしは試した。二つの実例をあたしは抱えた。最初のはあたし自身で、次のは——次のは、あとで語る。まず、最初のほう。

あたしの名前は糸だ。

父親がこの名前を用意していた。実際に産み落とされるよりも前に、「女の子だったら『糸』にする」と。

そこにはもちろん、意味だとか、背景だとかがある。由来っていったらいいのか。しかし、それは父の個人史に関わることなので（あるいはあたしの生家の、その家業とも少々関係する）、ここでは細かい説明はしない。いいえ、ちょっとだって説明はしない。ただ、あたしは不思議なのだ。あるいは、物事がきちんと認識できるようになって以来、ずっと不思議なのだ。誰かと会う前に、その人があたしの名前を知るという事態がある。先に知るわけだ。あるいは、名前だけを知って、会う機会は持たないというようような。そうした場合、この「糸」という人物を、どうしてだか誰もが女性であろうと想像する。

そこが不思議なのだ。

あたしは糸子ではない。

糸美でもない。

それでも「これは女の名前だ」と人々は判断する。その根拠が、じつは、あたしはわかっていない。

それで、一度、ゲームをしたことがあった。あたしは——それは十二歳を迎える誕生日の前週だった、しっかり憶えている——こんなふうに友達に言ったのだ。

「糸っていう名前はね、人間らしいかどうか、不安なの。むしろ紐《ひも》らしいというか、そういう気もしてるの。それでね、あたし、確かめたいんだ。ほら、ここに木綿と絹と、こよりと、それからナイロンの紐とを、白いの、赤いの、黄色いのって、いろいろ持ってきた。それを今からテーブルに並べるから、ねえ、ちょっと名前をつけてみて。この紐たちの一本一本に」
そうしたら、たとえば木綿の白い紐が、ワビスケって名前になった。
黄色いナイロンの紐が、ロックユーにになった。
ワビスケは、侘《わ》び寂《さ》びのワビの助のこと。
ロックユーは、ロックな君《ユー》のこと。
「ワビスケは、男?」
「男」と命名者。
「男なんじゃないかなあ」と命名者ではない友達。
「うん、男っぽいと思う」とさらに別の友達。
「ロックユーは?」
「えー、考えてない」と命名者。
「ロックは男だね」と命名者ではない友達。
「ユーは女っぽいと思う」とさらに別の友達。
「ユニセックスだよ」とさらにさらに別の友達。
それで、このゲームの結論だけれども、一人としてあたしの用意した紐(のどれか）に「糸」と名づける友達はいなかった。そこで、あたしはわかったのだ。要するに「糸」という名前はちっとも紐っぽくない、と。

女性性の根拠は、より見失った。


それから何年も何年もが過ぎた。あたしが今何歳なのかは、ここでは物事の本質には関わらないので、説明しない。あたしは基本的に、説明されることで説得されてしまう世間が嫌いなのだ。あるいはあたしは、説明されるとコロリと納得してしまうあたしが嫌いなのだ。騙されやすい自分自身が。とりあえず言わねばならないのはただ一つ、あたしは一軒家に住んでいるという、それだけ。

一軒家に一人で住んでいるけれども、独りぼっちではない。

あたしの他に、一四、いるから。

それは猫だ。拾ってきた猫なのだけれど（たぶん生後二、三週間の仔猫だった）、この猫と同居するという決断をした時に、あたしはあれを試した。名前は自分では選べない、というあれを。そうなのだ、これこそが実例の二つめ。猫は、自分の名前の命名権を自身では持っていなかったから、あたしに名づけられてしまったのだ。

ライオン、と。


あたしは、いつもいつも、人々に尋ねている。

「猫を飼っているんです。名前は、ライオンです。あなたは、この猫、雄だと思います？　雌だと思います？」

正答率は、高いとは言えない。

少なくともフィフティフィフティじゃない。

あたしはそのたびに、あたしが糸という名前であることを、ちょっとだけ……納得する。何て言ったらいいんだろう？　あたしは肯定できるのだ。

あたしが糸であることを。


その家には糸とライオンが住んでいる。

寿命の話をしているんですよ。

居心地悪そうな顔はしないでちょうだいね。

ええ、不味いコーヒーでしょう？　わたし、それでいいって思ってるんです。演技をするためにはね、楽屋にね、美味しいコーヒーがあったら、飲んだら「美味しい」って顔をしちゃう。でもね、ここから三十秒とか五十秒とか、歩いていって、舞台に出たらね、わたしはコーヒーがないのに空のカップからコーヒーを飲む演技をするかもしれない。それで「美味しい」って心から思うの。

ほら。

まずはフラットにすることね。劇場を出るまでは、楽屋でも通路でも、どこでも、フラットに。何かが美味しいかどうかは、わたしが「美味しい」って思い込んだ時にだけ、表に出ればいいわけ。勝手に引き出されると、困るわけ。

だからね、ここのね、ポットに用意されたコーヒーはね、味がないの。

ありがとう。感心してくれて。

あら？　そこの鏡の前に置いてある時計草、閉じてるわね。花が。それね、時計草なのよ。閉じているとわからないだろうけれど。別名パッションフラワー。きれいで、わたし好きで、だから差し入れてもらえたんだけれど、だめね、開《ひら》いていなかったら時計の文字盤には見えないもの。

公演期間がこんなふうに長い時には、百日草？　ああいうのがいいわね。

ずっと咲いているから。

あなた、知ってる？　百日草はメキシコ原産なのよ。

まあ、あなたみたいな男のひとは花になんて興味はないでしょうけれど。

でも公演にはちゃんと興味がありそうで、ほっとしたわ。じゃなかったら、こんな取材、わたしは「騙された」って思うわよ。

半分はそうなんでしょう？　インタビューに来て、でも、半分は調査っていうの？　そうか捜査ね、そうなんでしょう？

いいのよ。ぜんぜん構わないんですよ。パブリシティがあるのならば、それはもう、善。わたし、ゼンって言ったんですよ？　善悪のゼン。ここの売りは、ほら、わたしはそうは言わないけれど老人劇団だってことなんだし、そういう、色物？　その手の扱いを受けると、一度めは記事が大きいのに二度め三度めはありません、ってことになりがちだし。もちろん、どの作品にも著名人は出すから、しかも老いい、い、い、てしまった著名人というのは起用するから、そこで宣伝的にはひねりが効いちゃうのね。興行はいつもハッピーとかとてもハッピーとかに終わってるわけだけれど。

あらあら、なんだかプロデューサーの発言になっちゃった。

今日は役者としてのわたしに、会いに来ているのよね？

それから、あの女を知っているわたしに。古い知人とかっていったらいいのかしら。

ああ、そこの卒塔婆《そとば》を取ってもらえる？　小道具の。そう。それにしても、これは趣味の悪い演出ですよ。あの演出家を呼んできたのもわたしだけれど、最高に悪い趣味、最高のけれん味、だから最高ね。

卒塔婆工房があった時代のニッポンの高度経済成長期だなんて。

そんな大嘘。最高ね。

女たちがそこで働いているだなんて。老女たちがだなんて。

卒塔婆って、でも妙よね。誰だって見れば「それだ」ってわかるのに、言葉を聞いただけだと、わからない人がいて。説明しないとならないじゃない？　ほら、お墓に立っている板だって。細長い木の板だって。先のほうに刻みが入っていて、読めない梵字《ぼんじ》が書かれているやつだって。その梵字も、説明しないとならなかったりね。

だから、わたしは思うのね。ほら、お能の、『卒塔婆小町』、あなたわかる？　あの演目って、卒塔婆がわからないと一から十まで無理になる。

あなたは、あらそうなの、卒塔婆はご存じなの。

じゃあ、あとは説明してあげる。内容よ。その『卒塔婆小町』の。だから粗筋。高野山のお坊さんがいるの。旅をしているの。それから、道すがらにね、卒塔婆に腰をかけているおばあさんを見つけるの。それで、お坊さんは叱るの。卒塔婆に腰をかけちゃいけないって。そう叱るの。まっとうにストレートにね。けれどもおばあさんが言い負かすの。おばあさんの反論のほうが正しいの。おばあさんは悟りの境地にあるのよ。

一般論じゃないわよ。

高野山のお坊さんは、それで、やられちゃうわけね。おばあさんを敬う。すると、おばあさんの正体がわかるのね。おばあさんは小野小町なの。オノノコマチ。だから歌人で、絶世の美女の。でも、いまはそうじゃない。いまはおばあさん。それは九十九歳の小野小町。

大変な設定ね。二十歳《はたち》の美女は歳月を経るといかになり果てるや？　美老女にはならないのよ。美は、マイナスされる。老が、プラスされる。美女はこれ即《すなわ》ち老女になる。

さっきのインタビューの回答といっしょですよ。

寿命の話をしているんですよ。

ただ、おもしろいのは幽霊ね。『卒塔婆小町』のその後の展開は、顕《あら》われた幽霊に動かされるの。憑いてしまうのね、それも男のひとの幽霊が、小野小町に。その男の名前は四位《しい》の少将。

怨霊よ。

恋が、成就しなかったの。

誰との恋かといえば、小野小町との恋が。

そのひとは、百夜《ももや》、モモヤというのは百回の夜ね、小野小町のもとに通ったの。いいえ、通おうとしたの。九十九夜めまで、ちゃんと数えられた。あと一夜、それで恋が実ると信じていた。でも、その直前に死んでしまうのよね。だから怨霊になる。だから化けて出る。でも、それで小野小町がその四位の少将になってしまうのだから、これも相当な設定じゃない？


さて、あなたのその調査に協力してもいいけど。その捜査に。

まだ五十代よ。

そんなに驚かないで。

あなた、わたしと比較して驚いたわけじゃないんでしょう？　六十《むそじ》を越えたわたしよりも年少だって、それはわかっていましたよって顔をしているものね。あなた、それで「三十代だ」って言われたらフムフムってうなずいたりしたんでしょう？

あの女が、本当は三十代なのに、二十二、三にしか見えないのは、でも調べ切っていたんだぜって。

死んだのはあなたのお友達？　自殺？

あなた、友人思いなのね。

そしてわたしはあの女の、友人だったのね。懐かしい。

演技をするというのは奇妙よ。女優なら何歳にでもなれる、なんて嘘だし。あのね、整形には向き不向きがあるの。美容整形の手術、施術には。そして、あの女はね、完全に向いていた。たぶん、コーヒーみたいなものよ。このコーヒーよ、この楽屋の。あなたが「不味いぞ」って思ってるに違いないコーヒー。きれいになるにはね、きれいにしちゃったらだめなのね。きれいにするための素地をフラットにする、そのフラットさが維持できれば、いつでもきれいになれる。あの女は、それを経験的に知ったのね。

舞台の演技は下手だった。

舞台では、十歳上の役柄を演じたり、下のそれを演じたりって、ぜんぜん無理だった。

だから女優業にはさっさと見切りをつけて。

それが、早かった。その早さがポイントだったのね。

整形に必要なのはお金だもの。それ、誰が出すと思う？

男よ。

整形を続けるには、それで、どうしたらいいと思う？　それを「出す」ひとを絶やさないことよ。

わたしは、そんなふうに思うわね。でも、このあと、どうするんだろう？　きっとあれね、ノーベル賞級の遺伝子技術ね、ナントカ細胞、あれで不死になるのよ。

そして、その技術を買うのには、お金がかかるのよ。お金持ちだけが不老不死になるのよ。あるいは、お金持ちが男であればいいのよ。

あのね、あの女、まだ五十代だからね。

これから六十代になって、そうか、わたしの齢《とし》？　それから。

うん、九十九歳までは生きるわね。だって土台がフラットなんだから。もしかしたら百年、そうよ、百年とか咲いてしまうわよ。咲かないまでも萎《しぼ》まないで。

恐ろしい、恐ろしい。ねえ、それで、インタビューはどういう大きさの記事にな

ってても構わないんですけれども、そこまではこだわったりはしないんですけれども、
あなたのまわりでチケット買ってくださる方、いらっしゃる？

小説よ死ぬなと首相は言った（ディス・イズ・ア・ポリティカル・フィクション）

首相官邸の、二階、貴賓室のクローゼットを掃除していたスタッフがある扉を発見する。この扉に関しての問い合わせが国土交通大臣（旧建設大臣）官房、官庁営繕部に入るが、そうした扉は「図面上、存在しない」との回答がある。初めに警視庁の総理大臣官邸警備隊がこの扉の詳細な調査を手がける。この発見の真偽を問う、という程度だったのだが、

- その扉は開けられる。
- 開ける以前、また以後、爆発物のセンサーはいっさい反応しない（半径四メートル内に限って）。

・その室内はほぼ埋まっている。

との実状に、驚愕がもたらされる。埋まっていることは電子機器を用いずともわかる。紙で埋まっているのだった。扉を開けると、紙片がそこに壁を作っているのだった。しかも、紙片は、掘れた。

取り出せるのだった。

どれも機密文書だった。ほぼ密約と呼べる類いで手前は占められていた。国家の二つ、いや三つや四つは転覆可能だとも思われた。もちろんその「三つや四つ」の内に日本は含まれる。設計図面上、その扉の向こう側は地中でしかない。首相官邸は斜面に造られているために、地上が一階にそのまま通じているのは西通用口、正面玄関口は東側にあって、これは三階に設けられている。その正面玄関口の、だいたい真下に位置しているのが、その扉の向こう側なのだが、単なる地中であると見做されていた場所はいまや地中ではない。一つの国際政治的な空洞となる。空洞あるいは黒い穴《ブラックホール》。

どんどんと文書は外に運び出された。分析、保管、その他のために。

もちろんこうした作業に首相は立ち会ったし、内閣官房長官および副長官も同様に臨んだ。ただし内閣の構成メンバー全員がこの**事実**を知らされたわけではない。まだ知らされていない。最初の段階では、防衛大臣、外務大臣、文部科学大臣がこれらを知る仲間となる。地階の、総理官邸危機管理センターは、過去数十年間になかった態勢を採って、一画を**ザ・ドア・イシュー**に充てる。

新たな展開として、

- 室内がほぼ三メートル掘り進められる。奥側へ。
- すると紙片＝文書の傾向が変わる。
- どこにも機密が感じられない類いの文書ばかりが発掘されて、扉《ザ・ドア》の外——室外に運び出される。

との状態に至り、ことは昏迷を極める。機密が感じられない文書は、大雑把にまとめるならばフィクション、読んだ印象から（これまた大雑把に）まとめるならば小説だと判明する。しかし、当然のことだが、フィクションの衣を纏っているからこそ機密を暗に知らせているという可能性は大きい。状況がこのステージに至ると警視庁および国家公安委員会の管理下にある最高の警察機関たる警察庁も役には立たない。フィクションの機密性をこの手の組織が読み解けるのか？　文化庁が前面に出、この文化庁を外局とする文部科学省の長たる文部科学大臣が首相および官房長官の片腕として動きはじめる。首相の片腕を官房長官と見るならば、片腕の先につながった第二の片腕がこの大臣となる。

また、フィクションの宗教性にもスポットが当てられて、この文脈でも文化庁が**発掘物解読の優先順位**を上げる。

その後の展開として、数次にわたる臨時国会が召集されて、

・公的教育機関では読書を奨励しない。
・特殊行政区（つどつど指定）以外では書店営業を禁じる。
・おもに電車内など、「公的」空間での無許可の読書を羞《は》じる国民性を涵養《かんよう》する。美しい日本人を育てる。

ことが決定する。これは実質的な読書禁止令だったが、そもそも強いられて本を読むのに飽き飽きしていた当事者（いわゆる「若者」たち）からは反対の声は上がらないに等しく、こうして**読書をするのは不良**との公式《フォーミュラ》がゆきわたった。

ところで首相は小説を読んでいた。発掘物に触れないでいるわけには——職務上——いかなかった。仕事として小説を読んだ。それはフィクションでしかなかった。それは圧倒的なフィクションだった。にもかかわらず、それは「存在しないはずの場所」に「存在しないはずの紙片」として現存していた。現に手に取られているのにもかかわらず、フィクション（としての内容）を徹底していた。当然ながら、文化庁は、

・フィクションにおける暗号性。
・フィクションにおける「聖性」侵犯性。
・フィクションにおける騒擾《そうじょう》「教唆《きょうさ》」性。

をいかにロジカルに（あるいは職人的に、あるいは非韻文的にして非詩的な散文

的に）炙り出すかのマニュアルを首相に渡していた。するとフィクションには、非フィクション性しか読み取れなかった。

それから参議院予算委員会での、あの、国会答弁の場が来る。テレビに中継された例の場面が。首相の前に、会場内用とNHK用と民放用のマイクが三本立ち、水差しから注いだ冷水を入れたグラスがあり、真後ろに防衛大臣も外務大臣も文部科学大臣も、その他の現内閣のブレインたちもいて、首相は、手渡された資料に視線を落としている。その資料をもとに答えるのだが、ふと気づいてしまう。

- それをフィクションとして読めば、暗号が浮かび上がる。
- それをフィクションとして読めば、侵してはならない聖なるものを侵す。
- それをフィクションとして読めば、動乱はこの国家に播種される。

「凄い力だ」と感歎し、首相は思わず、三本のマイクに言う。そのマイクに向かって感動を口にしている。「この……この力こそは国、人、星の自己防衛力の向上に、貢献します。……星？　星と私は言いましたか？　そうです、——**小説よ死ぬな**」

ホッキョクグマを南極へ帰す

東京とはなんだろう？　都市だと考えればよいだろうか？　巨大都市だと？　あるいは、一三〇〇万もの人口を抱えるのだから、そこに暮らす人々の共同体こそが東京か？　だとしたら、東京に暮らしている人間が東京について考察する時、それは自分について考えているのと同じことになるのか？

しかし、ある人間がこうした発想――または信念――に基づいて「私は東京です」と名乗ったら、初対面の挨拶でそんなことを言われてしまったら（「初めまして。あの、僕、東京なんです」）、正直、かなり不気味ではないか？

こうした懸念が出るゆえ、「東京とはなんだろう？」という問いは取り下げる。

東京の顔はなんだろうか？

他の都市にはない、あるいはあっても、そこまで知名度はない、そうしたシンボルは？

できれば唯一無二がよい。「この世界に一つ」とまでは求めないが、「東京の中には一つ」だけがいい。よって東京タワーと東京スカイツリーはどちらも電波塔――いいいいかいいいい、どっちもタワーじゃん――と括られるので、却下。

だいたい雲を突いていれば実に立派なシンボルという発想が、まず以て貧弱なのだ。

となれば、貧相さから離れるためには、天を見上げたりしないことが肝要だ。地面の高さにいることが大事だ。

それこそが「地に足のついた発想」そのものともなる。

それでは、いかなるシンボルが東京という土地に張りついているのか？

東京という都市を機能させている、いわば地上性の交通機関、ここに注目したい。すると環状線が見出される。もちろん、他の都市にも環状線はある。日本国内でも、たとえば鉄道であれば大阪に環状線がある。全長は二十二キロ弱。だが、東京にある環状線は、もっと長い。三十四キロ半ある。一周に要する時間は五十九分から六十五分、駅数は二十九。

それは、東京の内側を回るのだ。

連日、東京という都市を機能させて。そこに暮らしているか、あるいはそこに短期滞在、中期滞在、長期滞在する人々を乗せ、決して東京の外には出さずに運んで。

ここまで条件が揃えば、「この環状線は東京である」とも言い切れるだろう。

名称は、Y線、と仮に記す。

Y線には外回りと内回りの路線があり（当たり前だが「上り」「下り」の別は環状運転の鉄道にはない）、電車は十一輛編成である。

このY線では秘かに行なわれている大会がある。その準備も、運営も、極秘裡に進められているので、ほとんど世に知られていない。しかし、そうしたものを可能な範囲で「知る」ことは、まさに「東京を知る」ことだとも位置付けられる。そこで、非常に手短にではあるけれども——なにしろ制約は多い——、以下にこの大会をドキュメントする。

結論から言えば、この大会は

Y線脱落大会

との通称で認識されている。また、ある種の参加者はこれを

真の東京観光

だとも訴える。私たちはここで、交通機関に「乗る」とはどういうことなのか、移動の起点と終点が一致している場合には、それは移動なのか、私たちはどこに「いる」のか（あるいは「いた」のか）、そうした根源的な問いに向き合いもする。大会のスタートは朝、それも相当に早い。午前四時二十七分には少なからず決着がついている部分もあり、すなわち日の出の時間によっては——秋分以後、春分以前といった季節においては——朝というよりも夜のお終いこそが開始時点となる。四時二十七分の大崎駅だ。この駅から出るY線の始発電車は、とうに入線している。渋谷、新宿、池袋方向へと進行する外回りの電車だ。そして四時二十七分に、発つ。彼らは座っている。そして、この時点で席に着けなかった者たちは、もう脱落している。要するに「始発電車の席取り合戦」に敗れたのだ。こうした者たちがホーム

上で悔し涙をぼろぼろと落としている姿は、大崎駅の知る人ぞ知る景物だ。レフェリーたちは吊り革につかまる。発車する。二分後にはお隣りの五反田駅へ。誰も降りない。彼らは降りないのだ。いちど着席したら、腰を上げないのだ。その次の駅でも。その次でも。渋谷でも、新宿でも、そして池袋でも。彼らは自分たちに問いかけているのだ、「私たちはいつまで乗りつづけられる？このY線を、何周できる？」と。そうなのだ、外回りでの一周め、二周め。ここまでは脱落者はまだまだ出ない。しかし、それから通勤ラッシュが訪れる。すると、世にも恐ろしいことは起きる。強引に割り込まれたり——そこに隙間はあるのか？そのビジネスパーソンとビジネスパーソンの間の、微妙な一、二センチは隙間と言えるか——割って入られた果てに押し出されて、シートから落ちたり。すなわち脱落。それだけではない。レフェリーたちは見ている。高齢者が眼前に来たのに、席を譲らなければ、失格（と同時に、譲った瞬間に脱落）。妊産婦が現われたのに、席を譲らなければ、失格（と同時に、譲った瞬間に脱落）。明らかに徴《しるし》を持った傷病人に対しても同様、等々。ここでは運というのも大きなファクターとなっている。彼らは、運が悪かったら（「ああ、優先席に相応しい人が私の前にいる」）、脱落を強いられる。そして彼らには、もちろん自分との闘いがある。彼らはそれぞれに肉体を持ち、肉体には肉体の生理がある。それは人として、否、生物体として対峙しなければならない現実だ。大半の参加者は、前日の夜の八時以降から水分の摂取を控えている。また、同様に食事も摂《と》らないという場合が多い。万全なる「脱落回避」を狙う強者《つわもの》は、前日の夕食以外にも二食、三食と抜いている。こうした戦術は（そして同戦術の広汎の認知は）、新たなる参加者たちの層を大胆に開拓した。二十代後半から三十代の女性たちだった。彼女たちはこの大会を

Y線プチ断食

の文脈に置き、奮《ふる》って参加したのだ。しかも座りつづけていれば、何かに勝利できるのだから。その可能性がある——確実にあるのだから。すなわち二重の戦果。三周めから四周め、五周めは、誰もが緊張を強いられる。Y線の乗車率は時に二〇〇パーセントになり、しかし彼らは降りない。降りるまい、と念ずる。時にはアクシデントで降ろされて、時には不運ゆえに脱落する。ただ、どのような形での脱落で

あれ、大崎駅から大崎駅へ、その一周さえできれば（もちろん一周よりは三周、三周よりは七周が望ましいが）彼らは笑みを浮かべられた。うっすらと薄い笑みではあるが、しかし満足の笑みだ。彼らには共通した認識があるのだ。どうしてこんなふうにY線に乗ってしまうのか？　それは

「山手線を一周しないで降りる、

なんてことは、

ホッキョクグマを、

南極へ帰すようなものだ」

との箴言を彼らは――参加時にレフェリーまたは実行委員から「Y線ルール・大会版序文」を囁かれている彼らは――心に沁み込ませているからだ。精神《マインド》に。そして体《ボディ》にも。

このように参加者たちは、東京である環状線のY線に乗り、東京という都市の内側を一歩も出ず、起点をつねに終点とする試みに挑み、一つの「電車内共同体」を

生み、そして東京でありつづける。

しかしながら、終電は、遠い。その始発電車がそのまま終電になる未来は。だが彼らは挑むのだ。脱落しないぞ——脱落しないぞ——。なお、このドキュメントを閉じる前に付記するが、大会は決して特別な日の（定《き》められた日の）出来事ではない。これは毎日の競技《レース》である。

彼らを目撃する時、私たちは東京を目撃しているのだろうか？　そう、目の前に——。

そんな私たちも東京だったりするのだろうか？

地上を走る、地中に倒れる、地底を走る

男が一人、走りながら命を落とす。首都で開催されていたマラソン大会の最中に。男はその国ではトップ選手で、世間的な知名度も高かった。そのマラソン大会は市民参加型で、ランナーの合計は三万人を超えた。応募者はその十倍をゆうに超えた。抽選で選ばれた者だけが走れた。以前は冬季にのみ開催されていたが、あまりの人気の沸騰、過熱ぶりに対処するために年二回催される形に変更されたばかりだった。その夏季の大会で、悲劇は起きた。いわゆる熱射病で一二七〇名以上が病院に搬送されたが、そのうちの約三パーセントが（二十四時間以内に）帰らぬ人となった。大半は市民ランナーだった。しかし、国際大会に代表として選ばれる者もいて、それが、その男だった。走りながら都心部の公道コースの、そのアスファルト舗装の路《みち》に倒れた。テレビはその場面を中継した。地上波も衛星放送も。沿道にはコース

全体で二〇〇万人もの観衆が集まっていて、男が倒れる瞬間をじかに目撃した者もその約〇・一パーセントはいると概算された。この不幸は、「東京マラソンの『炎天下の悲劇』」と名付けられて、落命した男こそは「悲劇」のシンボルとなった。

男が一人、走る車輛に乗りながら命を落とす。首都を狙ったテロに巻き込まれて。犯行声明は海外に拠点を置いた組織が出した。地下鉄が襲われたために、一九九五年三月の東京地下鉄サリン事件と比較されたが、しかし毒ガスは使用されず、爆薬が用いられた。男の死は、それから二カ月の間に七度相次いだ連続地下鉄テロリズムの嚆矢《こうし》だった。同じ組織がニューヨーク、ロンドンの地下鉄でも同様の凶行に及ぼうとし、しかし、これらは未然に（当局者にも一人の犠牲も出さずに）防がれた。すると、どうして日本だけが阻止できなかったのか、再発どころか再々々々々々発も許したのか、が問われた。この国の治安維持は一体どうなっているのか、が国外からも問われ、難じられた。その結果、少し短絡的ではあったが、首都圏の地下鉄網は「無期限に、全面的に封鎖」されることが決まった。いちばん最初のテロ事件は半蔵門線で起き、その犠牲者は五人いて、うち四人が女性だった。男は、その男だけだった。その男は市民ランナーだった。年に三度はフルマラソンを走っていた。この惨事が「東京テロの『半蔵門線の惨劇』」として語られる時、男の生涯もドラマ風に報道された。突如として断たれたランナーの人生、残された妻と、幼い息子。

男たちが何十人も、走りながら生きていることを実感する。「惨劇」から十六年後、それは東京マラソンの「悲劇」から十七年後だったが、地上を走らずに地の底を走ることは首都ならではの競技として定着した。マラソンには四十二・一九五キロのコースが必要だったが、封鎖されている地下鉄網のその路線を整備し、確保することで、やすやす用意できることが判明した。それは「惨劇」の二年後には判明していた。そして「悲劇」を希望に、のスローガンのもとに、東京マラソンの夏季大会が廃止された三年後に、真夏、熱射病とは無縁のレースとして再出発した。弔《ちょう》意《い》のための走り、とも、祈りのマラソン、とも言われた。「惨劇」から十六年後――「悲劇」から十七年後――かつてないほどの注目をこの大会は集めた。なにしろ「東京マラソンの『炎天下の悲劇』」のシンボルとなったあの男の、息子が、長じてアスリートとなり、この大会にエントリーしたのだ。それだけではなかった。

「東京テロの『半蔵門線の惨劇』」の、男性ではただ一人の犠牲者となったあの男の、やはり遺児が、長じてランナーとなり、同様にエントリーを果たしていた。どちらも優勝候補だと囁かれていた。マスメディアが飛びついていた。さまざまな「二世（たち）の物語」が語られていた。しかし、現にこの大会に参加し、今、現に走っているランナーたちは、そうした物語を味わうからこそ、あるいは巻き込まれたからこそ「生きていることを実感」しているわけではなかった。

地の底には優しい照明《ライティング》があった。

ランナーの目に優しい照明《ライティング》があった。ランナーフレンドリーな環境を提供していた。

灯りは、正確に五メートルに一度、赤色に変わった。

それは距離を告げる信号ともなっていた。ここまでで五メートル、また五メートル……と。

それから一人の男が、もしかしたら二十人や三十人の男たちが、そのうえ「地底ランナー」の大多数が実際にそうだったのだから、やはり、きちんと言い改めれば何十人もの男たちが、自分たちは四十二・一九五キロを走っているというのとは少々異なる、それはニュアンスが違うのだ、と感じている。もちろんオフィシャルな距離はそうだ。マラソンなのだから当然そうだ。しかしどちらかといえば、と何十人もの男たちが考えている。僕は、僕たちは四万メートルを走っているのだ。ゼロを連ねるならば四〇〇〇〇メートルと、それから二一九五メートルを。物差しはどこまでもメートルなのだ。

キロではない。

そして、その全体の距離の最後に——四二一九五メートルのお終いに、そもそも五がある。

五メートルがある。

これが単位だ、と僕は思っている。僕たちは思っている。この単位を八四三九倍した時に、ゴールは現われる。それを数える。足して、足して、時には割って、引いて、また、掛けて。

ひたすら、今、ここにある五のことだけを思う。そうすると、生きている。五メートルずつ、ほんとうに、僕たちはきびきびと生きている。そのことを実感する。五、それから、五。

あたしたちのメンバーの一人が妊娠した。あたしたちは、そもそも何人かは幼い子供を抱えていたけれど、なんだか間《ま》が悪いなと感じた。今、そんなことになっては、あたしたちは計画通りには旅を続けられない。そして予想通り、あたしたちは海辺まで逐《お》われた。あたしたちは必死で英語を話し、あたしたちはあたしたちも人間なのだと伝えようとした。でも、こうして難民になってしまった今、あたしたちはやっぱり人間ではないのだ。人間とは国に所属しているものだから。それで、海岸のことだった。その海辺。妊娠したメンバーはきっとあたしもいつかはこんぶを欲しがるんだねと言った。つわりになると、こんぶが食べたいって言うんだね、そういう話を聞いたことがあるからと言った。そして、ここにいれば、ここなら、大丈夫だね、とも。だってほら、あそこにも海藻、ここにも海藻。ほら、打ちあげられているから。今は、あんなものはお腹《なか》の足しにもならないように見えるけれど、それがじきに、美味しそうに見えるんだね。しかしあたしたちは、その孕んだメンバーのそんな素敵な妄想通りには行動しなかった。ボートが用意された。ゴムボートだ。本体はロシア製で、そこに日本製のエンジンが付いている。こうして陸地の際にまで追いつめられてしまったのだから、あたしたちはどうしたって海を渡らなければならない。その先に逃げて、第二の難民ルートに入るのだ。あたしたちの半数以上がスマートフォンを持っている。壊れていないスマートフォンを。そして地図機能を必死に懸命に使いこなしている。GPSは海の上も未知ではない場所に変える。きちんと表示される土地に変える。ただ、一つだけあたしたちは理解していなかった。スマートフォンのGPSはいつでもいつまでも有効だけれど、海中は地図に表示されない。あたしたちのゴムボートは、壊れ、没《しず》んだ。あたしたちは誰一人、潮の流れを読めなかった。

それからの出来事は夢のように感じられる。

あたしたちは海中にも難民受け入れの施設があることを知る。

ようこそと英語で書いてある。英語と、アラビア語と、日本語と、ドイツ語と、タイ語で。

あたしたちは迎え入れられる。

食事も出た。

あたしたちはアルバートという男と会った。あたしたちのホストだと名乗った。アルバートはおかしい男だ。なにしろベロを出す。ことあるごとにベロを出すのだ。ほら、こんなに僕のベロは長いんだよと言って。アルバートはそれを英語で言った。アルバートは僕はドイツ語も話せるんだよと英語で言った。僕はもともとドイツ語を話したんだ。ドイツ語が母の舌《マザー・タン》だったからね。あたしたちは自分の母親たちのベロのことや、子供たちにとっての母親である自分たちのベロのことを思った。妊娠しているメンバーも胎内の子のことを考えて自分のベロのことを思った。あたしたちはそんなことを思ったから、アルバートのことを好ましい男だなと思った。好感を持ったから、アルバートの言うことを額面通りに信じた。アルバートはこう言ったのだ。物体が動くとね、時間は歪むんだよ、と。ほら、時間が、動いた。

「出てごらんよ」

ゴムボートの修理は完了した。あたしたちは竜宮城を発《た》って、水中を出た。またスマートフォンがまともに役立つ海面上に出た。陸はそこに見える。すぐそこに。驚いてしまったけれど、GPSによればそこは日本の沿岸だ。上陸した。あたしたちは、まずは休みたいと願った。休憩したいと願った。すると海岸にはカフェがあって、あたしたちはそこに入った。メニューは全部、乾燥させたこんぶでできていた。紙状のこんぶに書かれているのだ。あたしたちは、ここここそあたしたちが来るべき場所だったのだと即座に理解した。いずれあたしたちのメンバーの一人が、新しい子を産むだろう。その前につわりになって、こんぶをちょうだい、こんぶをってリクエストするだろう。そんなときもここなら安心だ。やがてあたしたちは、新しい一人の**人間**とともに、このカフェのことを思い出す。あたしたちが本当に歓迎されているし保護されてもいる、ここのことを思い出す。

僕のばあいは行って帰ってきた。その話をしようか?

ママのバイクから落っこちたんだね。うん、ママはね、チャリには乗らない。単車だった。250ccの。そのタンデムシートの、後ろから僕は落ちて、うん、もちろん無事だったよ。ヘルメット、ちゃんと被《かぶ》ってたしね。それも八歳児なのにフルフェイス。

ママはね、停まるかなあと思ったけど、飛ばしててね。あれ、気づかなかったんだな。僕が――息子が――転げ落ちたこと。行っちゃった。僕はミラーに手を振ったんだけど、だめだった。

そこで待ってりゃよかったんだけどね。

その、八歳児の僕っていうのが、てこてこ歩き出しちゃってね。

いや……てこてこじゃないな。必死にだ。追いかけようとして、追いかけるなら早回りしたほうがいいって考えて、ほら目的地《デスティネーション》にさ、でしょ？　それで、街の区画をね、まあ、ど真ん中に横切ろうとしてね。ど真ん中っていうのは、その、ショートカットだね。近道。きっと近回りになるはずだって、幹線道路沿いには歩かないで、その街区の内側《なか》に、足を踏み入れたわけ。

で、迷った。

そこから僕の放浪がはじまったんだな。

あいだを端折《はしょ》っちゃうとね、時間てさ、おんなじところにいないとおんなじふうには流れないの。わかる？　僕が家族とね、ママとね、いっしょにいれば、一年は一年さ。でも、別々のところにいたら？　僕の一年がきっちりママの一年になるなんて、揃うなんてありえない。まあ、結局ね、僕は成長していたわけ。あっちに一年いたから。でも、こっちでは三日しか失踪してなかったとか言われてさ。

まいったね。

だって、僕、そのあいだに身長が十一センチ伸びたでしょう？

発見されたら、僕は僕なんだけれど、三日で十一センチも育ってるとさあ。みんな困って。あれだね、目をそらしたね。うん。

「なかったことにしたい」って思ったわけ。いや、その、十一センチ分の伸びをさ。再会してさ、ママがさ、僕をハグしてさ、そう抱擁《ホーヨー》、それからギョッとするの。したのがわかったの。まいっちゃったね。だって、たとえばハグして、おっぱいの当たる位置が、三日前……四日前か、いや、やっぱり三日前か、それとは全然違うわけで。

一度、こう、両腕をつっぱって距離を取ってさ、まじまじ僕の顔見ちゃってさ。

「……だよね？」なんて、確かめて。

そのだよねって、本人だよね？　って意味で。

しかしね、僕はね、思ったね。あっちに一年いてこうなった。もしも五年いて、七年いて、そんなふうにもっといたら、戻ってきたらママは年下になってたかもな、なんて。

年下の母親って、恐いよね。

お化けじゃん。

これ、怪談じゃん。

いや、まあ、僕が僕本人だって確信はちゃんと持ってはもらえたんだけど。顔も、まあ一年分は大人びたでしょう、でもね、目鼻立ちっていうの？　そういう作りは変わりないしね。あと、ほら、ヘルメットがあったしね。バイクから落ちた時の、装着してた、あのヘルメット。フルフェイスの。それが本人証明だったね、最大の。名前《ネーム》入りだったしさあ。それ抱《かか》えてたから、まあ信じてもらえたね。

そして、そのヘルメットが、僕の放浪を——八歳児の窮地を——救ったんだよね。

そ。端折った、あいだ、ってやつ。そのエピソード。

僕、被ったまんまだったでしょ？　ヘルメット。その恰好で迷子になってたでしょ？　下手したらさ、寝るところはない食べるものはない、食べるものを買うお金はない、知り合いもいない、でデッドエンド。死んでたね。まさにデッドにお終い《ジ・エンド》。それなのに、フルフェイスだったからさあ、高層マンション地帯に入ったら、彷徨《さまよ》い込んでしまったらば、あったわけ。就職口、っていうか、寝るところ食べるものをもらえる口、だね。

そのマンションはエム棟って言って。

うん、エム棟。

エム棟の管理人室には、貼ってあったんだよ。マンションの規約のパネルと、それから、「アップルヘッド募集」って。

ここからは、僕と管理人さんの会話。

「お、アップルヘッド」

「なんですか？」

「応募者なんじゃないのか？」と管理人さん。

「僕は、その」

「その、か？」

「い、そのじゃないです。迷子です」

「迷子は、対象外だなあ」

「そうですよね。僕、ママと逸《はぐ》れて」

「再会には一年はかかるぞ」

「マジですか！」

「その間《かん》に、半数は命を落とすぞ」

「まいったなあ」

「まずはここの物を食べないとな」

「ここはどこなんです？　七ツ橋二丁目？」

「小《こ》崎《ざき》シティ」

「え、知らない。中央区ですか？」

「東京二十三区に、入ってると、思うか？」

「それ、八歳児にはむずかしい質問です」

「ここで年齢のことを、言われてもなあ」

「ここ、恐そうな土地ですね」

「恐いよ」

「いやだなあ。あの、警察は？」

「ないよ」

「ないんですか、警視庁？」

「だからさ。まずはここの物を、食べたほうがいいな」

「僕、お金ないんですけど」

「だったら働かないとな」

「八歳児ですよ」

「四十二階で」と管理人は言ったんだよ、そこで。「アップルヘッドが要《い》るって、連絡が来てる。それ、やれば？」

「僕が？」

「そうしたら四十二階に、住戸、あてがわれるしな。しかも三食付き。最高だろ？」

「最高です」


こうして僕は、エム棟の、四十二階の、アップルヘッドになった。こっちに戻ってきた時にはさ、剝がしたんだけどさ、ヘルメットには赤いセロファンを巻いた。きれいにきれいに巻いたよ。包装したんだ。そうすると、フルフェイスのヘルメットは、どんな感じになったと思う？

そ。林檎《りんご》。

それを被って、アップルヘッド。

高層マンション地帯のことを話すね。いや、もう、普通の高層マンションだって。

住んでいる人も、普通の人だって。まあ年収高そうだけどね。それでね、林立してるわけ。エム棟は――うちの棟は――六十階建てで、他のも、五十八階建てとか、七十二階建てとか、まあ七十五階がマックスかな？　そういう、いわゆるタワー・マンション。それが、うじゃうじゃ……うじゃうじゃは言い過ぎだけど、東にも西にもある。北にも南にもある。

そういうゾーン。

でね、見えるわけさ。

あっちのマンションの、おんなじ四十二階が。

裏手のマンションの、やっぱり、おんなじ四十二階が。

フロアがね、高さがね、全部、共通してるてね。

そういう建築手法で、小崎シティは開発されたんだろうなあ。どのマンション・ビルもね。そうなるとさ、コミュニティの単位がさ、うん、不思議なことになるの。

棟単位、って思うでしょ？　マンションのそれぞれずつ。

ええと、それはあるんだけど。でも。

フロア単位のコミュニティが、できる。できちゃった。できちゃってた。

その、あっちのマンションの四十二階と、こっちのマンションの四十二階と、そっちのマンションの四十二階と、つまり小崎シティにある全部のマンションの四十二階が、「四十二階コミュニティ」を形成してってね。

考えてみたら、けっこう必然だよね。

四十二階と四十一階じゃあ、そもそも海抜が違う。それがおんなじ仲間です、なんてね、強引だよね。だから、あいだに空気を——空間を——挟んでも、おんなじ海抜同士がおんなじ仲間です、コミュニティです、ってね。

いや、もう、これは目からうろこだったね。

そ。うろこ。

八歳児の僕の目も、ちゃんと、ちゃんとさ、うろこに曇らされてたんだな。それまではさ。

アップルヘッドは移動する。マンションからマンションに、移動する。本当は、そんな念力移動《テレポーテーション》はしないよ。超能力なんて誰にもないから。だぁれ一人にも。普通なんだから、猛烈に普通。うん、このことは強調しておく。

ほら、想像して。

その街には、フロア単位の――同一階ごとの――コミュニティがある。

地上階を除けば、空中にある。

宙《そら》にだ。

段々になって。これは譬喩《ひゆ》だけれどね。

そして、コミュニティごとに一人、アップルヘッドがいる。

本当は一人じゃないんだよ。全部のマンションにいる。いるんだけどね。

林檎を頭に着《つ》けているのは、つねに一人。

それが、たとえば、クエル棟にいるでしょ。クエル棟の、四十二階に。そこをうろうろしててね。

それから、窓際に来る。

来て、クエル棟から、隣りのヒシ棟に移る。

「移るぞ」ってアクションをするんだ。

それを見たらさ。

ヒシ棟に控えている、ヒシ棟のアップルヘッドが林檎を頭に着けるんだ。

それを確認したら、クエル棟のアップルヘッドは脱いじゃう。

ほら、アップルヘッドが移動した。

宙から、宙に！

そしてヒシ棟では——四十二階では——アップルヘッドがうろうろするんだよ。

そのうち、どっかの窓際に行って、どっか、東か西か、南か北か、隣りにあるマンションに移ろうって、そういうアクションをして。

実際に移動するんだ。

わかる？

それが見える？

ねえ、見えるかい？

僕のいたエム棟では、少し前にアップルヘッドが消えてしまって、アップルヘッドの人がね、アップルヘッドになる人がね、他所《よそ》に出たっていったかな？ そのために林檎も——被るアップルも失われた。四十二階ではね。そこに、たまたま、放浪する八歳児が来たわけ。フルフェイスの僕が。僕は、けっこう働いたよ。僕がいれば、四十二階のコミュニティがこのエム棟でも、このエム棟にも存在する、以前通りに現われる、そういうわけだからね。僕がコミュニティの鍵《キー》だったんだ。

だからね、いつもね。

目を光らせてね。

東から来るかな、西から来るかな、北かな、南かな、なんてね。

そして、そっちの高層マンションのアップルヘッドを発見して。合図を見て。アクションを見て。

バトンタッチ！

僕がアップルヘッドになり、僕はうろうろ。

あれはね、あれは、大事な仕事だったね。まあ、そんなこんなで一年が過ぎたの。僕は成長しちゃってね。でも、帰ってこられたんだから、なんにも文句は言えないね。なぁんにも。

少年は中学校を卒業する。少年は春休みの間に、やり残しを全部こなすことにする。少年は十七歳年上の叔父から、合計三台、処分系と言われているスマートフォンを回してもらう。三台いずれもICカードは抜かれていて、すなわち携帯電話番号と契約者情報が入っていないから、いわゆる「電話」としては使えない。しかし、それでも、無線ネットワークには接続できたし、そこを経由すれば強引に「電話」にはなったし、カメラ機能も使える。少年は一台をもっぱらカメラとして用いて、一台を音楽プレイヤー専用とする。もう一台は、叔父からのアドバイスもあって録音機にした。

「ここを設定してみろ」と三十二歳の叔父は言った。「このアプリケーションを起動して、……ここだ。こうしておけば、その場で音が鳴った時にだけ、それを録《と》るようになる。あとは、このスマフォは寝てる」

寝ている、と少年は考える。

音が鳴れば、反応する。

起きる。

「叔父さんはさ」と訊いた。「こういうスマフォ、処分系の、何台持ってるの?」

「一二三八台」

「えっ」

叔父がにやりと笑った。「だって、捨てられるばっかりなんだよ。それに紛失されてばっかり。買い換えられてばっかり。個人情報さえ抜けば、誰も執着がないときてる。あのな、日本のトラディショナルな信仰から言ったらな——」

「シンコウって?」

「信仰心、の、信仰。物は、大事にしたら、霊まで憑いたりするんだけどな。だから物も、たとえば器《うつわ》とか、割れたら弔ったりしたんだぜ」

「携帯端末にも、幽霊が?」

「幽霊っていうか、精霊かなあ」

機械にも、霊が、と少年は心に叩き込む。

それから少年はいろいろと録ってまわる。録音こそが少年の春休みだ。そして、その春休みはどちらに所属する春休みなのかと少年は頭を悩ませる。中学校側の春休みなのか、今度入学する高校か？　とはいえ、今度入る高校の側には当たり前だが思い出もなければ、思い入れもない。やり残しは中学校の側にだけある。ずっと親友だったのに、これからは会わないんじゃないかと薄々感じてはいる四人か五人の級友――もう元・級友なのか――と、日替わりで遊び、会話も録音する。残すために録った。なんだか変だと少年は思い、独りでいると涙ぐみそうになり、あとは笑っている。中学校の界隈の、未探索のエリアもちゃんと踏み分けようとした。見落とさないこと、食べ逃さないこと、いたずらし損なわないこと。すでに元・級友なのかもしれない級友たちと少年は「し残さない、し残さない」と歌った。

三月の二十何日かの夜に、少年は目を覚ます。夢を見た。寝ていたのに、その夢に起こされてしまったのだ。俺、夢に指示された、と思った。だから夢に反応した、と思った。天井を凝視した。今は夜中の、二時……三時？　やり残しがあるぞ、と突如わかった。それで処分系のスマートフォンの三台め、例の録音機を持って、そっと自宅《いえ》を抜け出した。

鞄も何も持たずに中学校の界隈をめざして、人目や監視カメラを避けながら歩いた。深夜の通学だ、と少年は思う。しかし校舎には入らない。学校の敷地の手前、二〇〇メートルほど、その街区に雑居ビルがある。一階はどこもシャッターが下りていて、「ご愛顧ありがとうございました。閉店いたしました」等のアナウンスが、そこに併記された日付で二年は前のものだと告げている。問題は二階から六階だ。六階がそのビルの最上層なので、つまり屋上までだ。以前は宗教グループがそこを借り切っていたと噂されていた。少年はいろいろと聞かされていた。あそこは本当にヤバいんだぜ。修行でさ、相当に厳しめの修行中にさ、死んじゃった人がいてさ、それで、あのビルで焼かれたんだぜ。屋上にさ、焼却炉があるんだぜ。四年前の在校生の先輩が言った、うちの学校の、煙が出てたんだって。目撃した先輩、多いんだぜ。

しかも今、非常階段、上がれるから。

二組の連中、夏にさ、肝試ししたって、お前聞いた?

ほら、そのうちの一人が、十月に……うん、あれだよ。

自殺しただろ?

そのせいだよ。祟り。

見たんだって。

幽霊、と少年は思った。そのビルに少年は、その春休みの一日、中学校の側に属するのか高校の側に属するのか判然としない春休みのその日の、深夜三時二十二分、侵入する。四階までは建物の外側に付けられた階段を昇るだけだから、内部《なか》には侵入していない。しかし、五階、そこの非常階段の出入り口の扉は、見るからに施錠されていなかった。あるいは鍵は壊されていた。少年は、入る。

さあ、と思う。

どこに進めばいいだろう、と思う。

屋内の階段で六階へ。屋上の直下のフロアへ。広いホールがあった。どうしてだか「ここだ」と思った。窓から(その窓は曇っている。意図的に曇らされている)明かりが射していたのだ。月光だった。なぜだか、ひと条《すじ》走る。しかも照らされた先の床に、コンクリートのその床に雑草が生えていた。ほんのわずか、三センチか四センチ伸びただけの、しかしひと叢《むら》の雑草。少年は「うん、ここだ」と思う。

そこに録音機を置いた。

電源を入れて、アプリケーションを起動して、しかし、ただ床にそっと寝かせて
——眠らせた。

さあ、これで、と少年は思った。録るぞ。

足音を立てないよう、立てないよう、少年は後退《あとじさ》りする。

そこでダッとかドサッと音を発してしまっては、それが録音されるだけだからだ。

幽霊の声が、ここにはいない者の言葉が、録られることはないからだ。ねえ、と少年はそこにはいない叔父に言う。想像上の叔父に、語りかける。その脳裡で。

この幽霊の声は、高校生になったら聞けない声だ。そうだよね？

録れても。

たとえ録れても。

俺が高校生になったら、もう。

少年は音をほとんど立てずに、後退りつづけている。

つるつるの小石都市

それを見たことがある、ときみは思う。過去に何度か自分の視界に入れている、ときみは思う。ということは、見るのは三度めか四度め、あるいはもっと？　ときみは思うに違いない。五度め？　六度め？

もしかしたら十度め？

つるつるの石だ。

小さい。

以前に見たのも小さかった、ときみは思う。思うというか思い出す。しかし、きみはきみ自身に問わなければならない。いつ見たのだ？　あんまり昔のことじゃない、とまでは確信できるだろう。つい最近だった、とも言い直せるかもしれない。

一昨日《おととい》？　だとしてもそれが初めてじゃないときみは思うだろう。

それから遠い昔のことも考える。こんなふうにつるつるの丸石は、そうだ……川で……川原《かわら》で見た……海で……どこかの海辺で見た。いずれにしても、水がそんなふうな「つるつる」状態を作り出したのだ。

きみはアパートの階段にその石を見つけた。

しかしアパートは水とは（川とは、海とは）縁がない。その都市には川原を持つような河川は流れていないし、そして海岸線を持つわけでもない。

ところできみは、何歳なのか？　子供なのか大人なのか？　もう大人と呼ばれる年齢も越えてしまった老年期のひとなのか？　きみは女なのか、男なのか？　あるいは性同一性障害を有するから「そんな問いは無意味だ」と切り返すのか？　そもそもきみは川原に降り立ったような体験を持つのか？　持たないのならば、それを「川原の石とおんなじだ」とは思わない。さらに海辺にそうした小石を発見した体験を持たないのならば、それを水の作用で生まれた石なのだとは認識できない。ただの、つるつるだ、つるつるの小石だ、と感じるはずだ。

そして、それはそれでかまわない。

問題は、きみが「それを見たことがある」と思った瞬間から、きみはそれを感知する人間に変わりはじめる、ということだ。それを——それらを。そうなのだ。小石は増える。増えるというか都市内にどんどんと見出されるようになる。きみが、気にしはじめたからだ。こうなるときみの目は無意識的な（もちろん意識的な場合もあるけれども）探知をはじめるのだ。

「あ、まただ。ここに『つるつる』」と思う。

「ここにもだ。『つるつる』が三つ、並んでる」と思う。

多い。

しかも、発見もしくは探知は加速する。

不安も生ずる。なにしろコンビニエンス・ストアの棚にまでそれ（それら）を見出したからだ。二個のつるつるの小石が、プリングルスという銘柄のポテトチップスの蓋の上に、いた。

いた、ときみは感じた。あった、とは感じずに。

この直観にきみは恐れおののいた。

増殖しながら、都市に、つるつるの小石たちはいた。本当にどんどん、どんどんと増えていた。それからきみは考えた。これはまともなことじゃない、と。この都市は、「つるつる」の侵蝕をうけているか……あるいは、「つるつる」に……もしかしたら……護られている？

きみは——きみが女であるか男であるかそれ以外の性であるか、稚《いと》けないのか成熟しているのか老体かはさておき——ある一つのイメージを湧出させる。つまり、そのイメージの核は**大きな手**だ。その**大きな手**が都市を護っている。包み込むように。

その証しが、小石なのだ。

増殖する小石たちなのだ。

きみは「守護者が『つるつる』なのだ」と結論づけるかもしれない。

しかし、きみがそうした結論を出した翌日には、ある事故の報道がある。高層ビル街の屋上（もしくは上空）から砂礫《されき》（もしくは石塊——詳細に関しては調査中）が大量に落ちてきて、二二〇名もの死者を出しました、と。そのニュースに触れて、きみは何を思うのか？　きみは、守護するものは殺す、と結論づけるのか？

ウォーターメロンガーデン

パパの遺言状を発見して、あたしたち姉弟《きょうだい》はその質問に答えることにした。

「ほら、ここ見て。『西瓜《すいか》から……』って書いてある。『……何が生まれるか、考えよう』って」

「すいかってさ」と弟が訊いた。「え？　西瓜のこと？」

「漢字で書いてあるから、そう」

「英語でウォーターメロンって言う、あれ？」

「ウォーターメロンって言うの？」あたしは驚いて、訊き返した。だって、弟はまだ小四なのに、あたしが知らない英語を——英語の単語を——知っているのだ。

「言うぜ」と弟。

「ウォーターって水でしょ。で、メロン？」

「水メロン」

「なぁるほど」

「ね。ぴったりだ。英語人って偉いね」

「英語人ってなによ？」

「あのさあ」弟は頰を膨らませた。ぜんぜん可愛げがない。あたしは、一日に四度はこの四歳年下の弟をこしゃくな奴と思う。そのこしゃくな弟は続けた。「知らないの、お姉ちゃん？　アメリカ人もイギリス人も、オーストラリア人も英語、しゃべるんだぜ。日本人は日本語しゃべるから日本人なんだから、英語をしゃべるのは――」

「英語人なわけ？」

「なわけ」

「いいね」あたしは褒めた。あたしは昔からけっこう素直なのだ。中二だったこの当時から。そうそう、この**パパの遺言状を発見した**というのは、昔話です。あたしは、これが昔話であることを説明し忘れていた。あたしがまだ中二で、弟が小四だった、そんな大昔の出来事。

で、あたしたち姉弟は父親をうしなった。わずか十三歳と九歳で。遺言状を発見したのは何週間も経ってからだった。あたしたちは、もう泣いてはいなかった。弟なんて、最初の五日間、洪水みたいに目から涙をあふれさせ続けていたんだけど。

「あ!」と気づいて、あたしは言った。

「なんだよ」と弟。

「あんたの、目!」とあたしは言った。

「僕の目が、なに?」

「あんた、けっこう緑色の目をしてるでしょ? 目って言うの? 瞳って言うの? あれか、虹彩《こうさい》かな?」

「専門用語、使わないでほしいんですけど」

「いいから、お姉ちゃんに話を進めさせて。あんたの虹彩、ほら、けっこう、緑っぽい感じに透けることがあって、それ、泣いてる時はかなりそうで、それ、あれだね、目玉って丸いから、西瓜っぽいね」

弟は、すると、ほんの少し背筋を伸ばして、言った。「知ってる」

「どうして知ってるの？」

「言われた」

「誰に言われたの？」

「パパ」

「え……」

「前にパパ、『お前の目は、西瓜みたいだ』って言ってた」

「そんなこと言ったの？　そんな、『お前の目は西瓜のように美しい』って？」

「うーん、そこまでは言ってない。でも、それで僕、英語で西瓜をどう言うかまで、ちょこっと調べて、憶えた」

「そっか。そうゆうことか」

そうゆう経緯か。あたしは——まだ中二だったあたしは——悟った。

だからパパは庭園を作ったのだ。

パパは、だから、庭園の季節ごとの展開図というのを遺言状で指示したのだ。

こんなふうに**夏：西瓜を栽培して、地に這わせる**なんてプランを書き込んで。そして、あたしたちに不思議な質問を遺して。そうなのだ、その西瓜から、いったい、何が生まれるか、考えよう、なんて。

考えてごらん、なんて。

あたしたちは考えた。

考える前に、でも、また弟が疑問をさしはさんだ。

「すいかって西瓜のことだとしてさ、いや、西瓜のことなんだよね、そうなんだとしてさ、生まれるって、え？　生まれるって、どうゆうこと？」

「『想像しろ』って言ってるんじゃない？」

「パパが？」

「そう。あたしたちに、もしも真ん丸い西瓜から、何かが生まれるとしたら、それ、いったい何になるかなあって」

「卵みたいなことか」

「たぶん」

「西瓜はそのまんまで、美味いんだけどなあ」

「いや、そうゆうことじゃなくって。ほら、あの緑に縦縞の真ん丸から、コロンって何が出てきそうかって。ほら、あたしたちの理想を訊いてるんじゃない？」

「それ、子供っぽい質問じゃねえの？」

「あんた、子供でしょ」

「まあ世間的には。てゆうか、お姉ちゃんもパパの子供だ。そうだよね」

「そうなのよ。これはパパからの、あたしたち子供たちへの質問なのよ」

と言った瞬間、弟の背筋がまた伸びた。

「魚」と答えていた。「西瓜から、コロンって魚が生まれたら、ちょっと面白い。しかもきれいな魚。ほら、熱帯魚って言うの？」

「色がきれいな奴？」

「そう。だから緑色のしいしまの西瓜からさあ、黄色いしいしまのある熱帯魚が、生まれて、さあ」

チョウチョウウオだ。あたしは想像した。黄色の縞模様。

けっこう合ってる。「いいね」とあたしは言った。褒めた。

「お姉ちゃんは？」

「あんたが魚なら、あたしは、貝だな」

「え、貝？」

「そう。食べる貝じゃないよ。ホタテでもアサリでも、それからサザエでもないの。世界の美しい貝だな。ほら、何て言うの？　クルクルって貝殻が巻いていて、ツヤツヤって色がして、そしてこう、光が、ピカリンって反射して……」

「全然わかんないんですけど」

「あとで図鑑で調べます」

「回答してないじゃん」

「じき、します」

二時間後にあたしは、西瓜から生まれるのはテンシノツバサガイ、と言った。和名はもちろん「天使の翼貝」、この貝はたとえばフロリダに棲息するのだ。やたらと美しい二枚貝。

それから毎年、夏、というか六月になると、あたしたち姉弟は庭に西瓜の苗を植えて、栽培した。失敗もあったけど、けっこう収穫できた。収穫するたびに――中一になった時の弟の言葉を使えば〝収穫祭の前夜〟に――あたしたちはつねにパパの遺言に答えた。

西瓜から、いったい何が生まれるか、考えた。

「ミニ扇風機」

「中国の砂漠の砂」

こんなふうに、弟が答え、あたしが答える。ペアの回答があった。

そんなペアの回答が、毎年、夏にあった。

「シーッ。しかも折り畳み式。畳まれていて、球《たま》の形をしていて、しかも完全防水」

「小さな人。しかも頭の中にナビ内蔵。どこでも案内可能」

実用的な回答にしか着地しない夏もあった。あたしは家を出て、その夏（と苗を植える六月）だけ邸《やしき》に帰ってきて、あたしは、新しい街でしょっちゅう道に迷っていて、真剣にナビを欲していた。

弟がすっかり考え込んだ夏もあった。その〝収穫祭の前夜〟には、あたしが何十個もの答えを挙げるあいだに、弟はひとつしか挙げられなかった。そのひとつというのは、天災だった。

「てんさいって、え？　天災？」

「たとえば風。物凄い大きな風が、西瓜を割ると、出てくる」

「風が？　台風みたいな？」

「もっと大きいんだ。もっと悪い」

あたしは悪い風のことを考えた。それが西瓜から生まれるシーンを想像した。あたしは、その夏、少し弟のことを気遣った。

それから十年以上が過ぎて、あたしはもう三十代も半ばで、あたしは邸に戻って（ここにはパパもいなければ、ママも七年前からいない。あたしは、ママについて説明するのは、あえて避けていた。両親のことを全部説明しはじめたら、祖父母のことも説明しないとフェアじゃない。祖父母は四人いる。で、祖父母のことを全部説明しだしたら、曾祖父母のことも触れないとフェアじゃない。曾祖父母はたぶん八人いる。そうゆうのは、ちょっと――というか最高に――切りがない）、弟は就職してからは邸を出ていて、つまり、今はあたしが邸の主《あるじ》だ。あたしは庭の持ち主だ。夏になると西瓜を最大の売りにするその庭園の。

今年の苗植えは終わった。あたしは溶《よう》リンを撒いた。肥料のそれを。あたしは――あたしたち姉弟は――すっかり西瓜の栽培に長《た》けた。

あたしは待っている。

今度は、西瓜から、何が生まれるんだろう？　そのことを考えている。

恐るべき勢いで少女たちは卵を盗んだ。その一連の事件は三月六日から同月二十日までの間に起きた。ちょうど十五日間――半月――の出来事だったと回顧することもできる。最終日、三月二十日が春分の日であった事実に意味を持たせること（あるいは求めること）もできる。春の訪れ（あるいは冬の終わり）と卵泥棒の関係性を探ることもできる。

しかし、そのように考察されたところで、襲われた側の憤りはおさまらない。主にコンビニエンス・ストアの店主とスーパーマーケットの経営上層部がメディアに登場して、憤慨を語った。また、倫理の欠如を歎いた。また、養鶏業者たちの思いをどうして蔑《ないがし》ろにするのですか、と糾弾もした。一つの卵に、どれほどの情熱が込められ、どれほどの手間がかけられていることか！

しかし少女たちの猛襲は熄《や》まなかった。

そして店の側は「それが少女であるから」との理由で入店拒否の挙に出ることはできなかった。それこそ倫理的な観点から難じられてしまう。二十歳未満の女の子は、そのように先入観によって犯罪者予備軍視・白眼視され、性差別および年齢差別をうけるわけですか？　と。

そもそも少女との定義が容易ではなかった。今のところ実行犯の最年少は十一歳、よって**少女とは十一歳から**と規定はできたが、上限はしかし何歳か？　ある東京都立高校で、「選挙権も有した十八歳の女性を『少女呼ばわり』するな」抗議運動が発生し、三日後には全国の二十八道府県にまで拡大していることが確認された。

正確にデータを引くならば、発生は三月九日の午後二時半過ぎ（ロングホームルーム、いわゆるLHR時）、三日後とは三月十二日で、午後四時に全国の二十九都道府県——ここでは東京都を勘定に入れる——から国会議事堂前にデモ隊が集結したことから、事態はあらわになっていた。三日と約一時間半後。

これをメディアが「少女たちは起《た》ち上がる」云々と報道したために、きわめて根源的な反対運動をさらに惹起した。

「『少女呼ばわり』に異を唱える女性を『少女呼ばわり』するな」運動の輪が広がっていた。その輪は結局、一都一道二府四十県にまでわずか二日間で広がった。実際には二日と約何時間何分後であったのかの詳細な研究・調査はなされていない。また、それでは**輪が広がらなかった残り三県はどこか**は地方差別に当たるとの配慮から、いっさい公表されなかった。

　こうした事態が三月十四日までに展開していたのだが、そもそもの卵泥棒はどうなったのか？

　下火にはならず、その勢いは当初の畏怖すべきレベルを持続させたままに続いていた。

　問題はその少女たちはもともとの卵泥棒だったのか、流行にあわせて卵泥棒を志向したのかが峻別不可である点にある。だいいち、最初の「卵泥棒団」的な組織は、あったのか、なかったのか？　日々これだけ**その少女たち**にまつわる報道が続き、その犯罪の実行犯がいっこうに減らないという状況がキープされると、もはや、最初の逮捕者たちや疑わしい目で見られている者たちの間の「なんらかの共通の性質」というものは探れない段階に入っていた。

そもそも、誰が最初だったのか？

ＴＰＰすなわち環太平洋戦略的経済連携協定にある立場を表明するために、畜産業に目を向けさせるこのアクションは行なわれている、と言われ出したのは、少し遡って三月十三日の午前中の民放テレビ局の政治的なディスカッション番組からだった。卵泥棒のシンボリックさはこうした視点から十全に理解できると。そのある立場は、反対とも解説されたし、賛成とも擁護された。いずれにしても少女たちは愛国的なのだ、本能的としか言いようのない愛郷の念からアクションを起こしているのだと説明された。二日後にはそれは母性礼讃であり、性差別だ、と批判されていた。いっぽうで、インターネット上では「卵泥棒の少女たち、または卵泥棒団」の自主的な応援団が大量発生していた。いわゆる二次元のキャラが一日に七千から八千、創造されて氾濫した。

卵泥棒ちゃん。

卵ちゃん。

タマドロちゃん。

捻《ひね》りのないキャラ名が、捻りがないからこそ！　とじつに日本的に称揚された。

三月十七日には三桁にのぼる数の中小および大企業がこれらのうちの一千を超えるキャラを「将来の投資用に」と買っていた。また、一部の地方自治体も買った。この時点で、いかに少女たちの卵泥棒が国内経済にポジティブな影響《インパクト》をもたらすかが理解され出した。政財界に。

すると警察の動きが変わった。

逮捕、および取り締まりにいわゆる手心が加えられはじめた。

いよいよ卵泥棒は、日本の経済再生のいわゆる「クールジャパン」的な最終兵器なのだと目《もく》され、水面下での保護の動きがはじまった。**卵を盗む少女たちを絶滅させてはならない、この日本のために。**しかし、何かが曖昧なままだった。そもそも少女の定義はどうなったのか？　いったい**少女とは何歳まで**なのか？

そして彼女たちは、いかなる理由で、盗んだのか——今も盗みつづけているのか。

その、今、はしかし三月二十日で終わる。

春分の日に。

祝日だった。この日、一種のテロが起きた。首都高が一部封鎖された。バリケードが築かれ、車輛が通行できないし、その封鎖の内部にあった車輛は放り出された。

ただただ路面がある。剝き出しの――ハイウェイの路面。四車線分が、だいたい三百メートル、その実行犯たちに奪われた。その実行犯たちこそ、少女たちだった。もしかしたら「もともとの卵泥棒」と言える、その少女たちだった。数千人、いた。封鎖した約三百メートルの区間に出汁《だし》巻き卵を置いていった。その卵料理を。じつに純和風の、卵焼きを。展《ひろ》げて、伸《の》べて、端まで来たら折り返して、また反対側の端まで――バリケードまで――来たら折り返して、その長さは七千メートルとなった。

　七千メートルの出汁巻き卵のテロは、テロとしか言いようのない社会的混乱は、こうして成し遂げられた。

　映像は全世界に中継され（おもにヘリコプターからの空撮だった）、その白身と黄身との混合《ミックス》からなる、白い、黄色い帯は、雄弁にメッセージを伝えていた。

言語を超えて。

ヒップホップ・パート3

パート1

母子家庭に生まれた井上陽水1号は、その幼少期をストリートで過ごしたといっても過言ではない。十歳を超えると母親とも離れ、地下鉄の構内に寝泊まりした。また図書館で昼を過ごした。問題だったのは図書館の休館日で（月曜日は開いていなかった。年末年始も数日間にわたって閉まった）、日中、雨が降ると避ける手段がなかった。傘がなかった。年末年始に雪が降るともっと酷《ひど》かった。氷の世界だった。早朝、地下鉄の構内を出る。朝日が射す。鳩が鳴いている。歌だ、と井上陽水1号は思った。これはなんて歌だ？　なんて歌い方だ？　クルックルッ？　クルッポー？　鳴き真似をしてみた。自分がやっていることが自然界のサンプリングなのだということに気づかなかった。十五歳、クラブDJの友人ができた。その邂逅は鉄道の高架下、壁いちめんのグラフィティの前で、一個のオレンジをいきなり（じき兄弟《ブラザー》同然となる）クラブDJが井上陽水1号に投げつけてきたのだった。売られた喧嘩とみて、叩き落としてもよかった。宙で摑み、握りつぶしてもよかった。井上陽水1号には電話帳《イエローページ》を引き裂けるだけの驚異的な握力があった。しかし井上陽水1号は、実際には投げつけられたオレンジを摑み、要するに受け取り、その場で齧りついた。オレンジは瑞々しかった。果汁がほとばしって高架下に射し込んだ陽光をキラッと反射した。まるで光の粒が散るようだった。「腹、減ってそうだったからな、お前」とそのクラブDJは言った。友情がはじまった。チームが結成された。井上陽水1号は驚異的な歌の才能を発揮した。声の伸びが、人間離れしていた。十九歳、そのポップ・ミュージック・チームは、スターダムにのしあがった。この商業的サクセスには神話の匂いがぷんぷんした。井上陽水1号を先頭に、彼らチームが歩むところ（チームは結成二年め以降は六人編成となっていた）、つねに厳戒態勢がとられた。インタビューは月に一回だけ受けた。井上陽水1号は「昔は、傘もなかった」と語った。「氷の世界だった。吹雪、吹雪」と語った。「それと、鳩が、鳩が鳴いていた。いや、今も俺の心に……鳩が、鳩が泣いている」と語った。基本的に井上陽水1号は、口数が少なかった。内向的なアーティストだとのイメージで知られていた。チームは楽曲の制作環境に莫大な金をかけた。その額が馬鹿げたほどに多ければ多いほど、神話は力を増す、そう経験から学んだ。消費主義の世界には、そのための新たな神話が必要とされて、この需要に井上陽水1号はおのずと応えたのだ。井上陽水1号は音楽業界のみならず出版業界にも片足だけ踏み込んで(もちろん企画のプロデューサーはいた。井上陽水1号のその分野での右腕であって、すなわち片足をそこに踏み入れた井上陽水1号には右手は二本あったわけだ。よってもともとの分野——音楽業界——で足一本ぶん実行能力が減るということはなかった)雑誌『井上・ン・陽水』を創刊した。ロゴ用のアルファベットはIno-N-You。これは新しいカルチャー誌だった。三号めの特集で、「記憶はサンプリングできるか?」が主題《テーマ》となり、井上陽水1号は自身が大々的にその特集のモデルとなった。

パート2

遠い遠い昔、俺がもっとも初期に受けた音楽教育がきっとターンテーブリズムだったんだなと井上陽水2号はふり返る。ターンテーブリズムとはヒップホップDJのターンテーブルの技術《スキル》、それに関係する体系《イズム》だった。そしてヒップホップの定義は、井上陽水2号がふり返る範囲では、「他人の音楽を切り貼りして自らの音楽を創造するスタイルあるいはジャンル」だった。井上陽水2号はこの定義に則り、オルタナティブなヒップホップの実験を受けた。それはターンテーブルの上に黒いレコード盤の代わりに脳味噌を置いたりするようなもの、だった。脳味噌が載せられて、回転する。脳味噌に針が落とされて、読み取る。何を読み取るのか？　レコード盤の場合は音だった。脳味噌の場合ならば、思考、もっと狭《せば》めて言えば記憶だった。「他人の記憶を切り貼りして自らの記憶を創造するスタイルあるいはジャンル」の生き方とは、そのままオルタナティブなヒップホップになるのではないか？　こうした命題が掲げられた。だから井上陽水2号は誕生したのだ。たとえば井上陽水2号は、母子家庭に生まれ、その幼少期をストリートで過ごし、しかし適切な音楽教育を施されているのだから通った学校はある。未就学、という人生は送らなかった。しかし通常の学業は不振で、にもかかわらず体育と音楽には図抜けた。夜、地下鉄の構内に寝泊まりして、さまざまな肉体鍛錬に励んだ。ストリート・ファイトも数知れない。昼、通学する場所があったから図書館には行かなかった。傘は学校で盗んだ。傘はあった。年末年始、井上陽水2号の音楽の才能に惚れ込んだ教師が自宅に彼を引き受けて、ピアノの特別訓練とともに食事をふるまったから、凍えなかった。氷の世界はなかった。しかし一月も最初の一週間を過ぎるとまた地下鉄の構内に戻った。早朝、その構内を出る。朝日が射す。鳩が鳴いている。歌だ、と井上陽水2号は思った。鳩が、鳩が泣いてる。その後に井上陽水2号は、クラブDJの親友を得て、ともにエレクトロニック・ミュージック・プロダクションに革命を起こす。十九歳の時にはその Yousui “Sunny Water” Inoue との名前を世界に轟かせる。俗に「岸信介2号のレコード・コレクション」と言われている国会議事堂地下ストレージ内の全レコードの閲覧（および再生・サンプリング）許可を得て『ジャパン・ウィル・メルト……メルト・アンド・ダウン』をリリースするや、賛否両論となって、その活動拠点をオーストラリアに移した。レーベルも移籍した。もとももとインタビュー嫌いで知られていたが、日本語の通訳が付いているならば月に一、二回は取材を受けても、まあかまわないぜ、とレーベルのスタッフに伝えた。井上陽水2号は「俺はどんどん機材を変化させる。使う機材を。つまり更新するんだ」と語った。「その更新は、あなたの音楽を更新させていると思われますか?」と——通訳を介して——訊かれた。「いや、記憶を更新させているんじゃないかな」と井上陽水2号は答えた。インタビュアーは「え?」と——通訳を介して——言った。「たとえば昔は、傘があった」と井上陽水2号は言った。インタビュアーは「あなたは何を言っているのですか?」と——通訳を介して——言った。「氷の世界じゃなかったな。吹雪、吹雪、ありません」と井上陽水2号は続けた。インタビュアーは「アリマセン?」と——通訳を介さず——復唱した。「しかし鳩は、鳩たちは」と井上陽水2号は続けようとして、そこで、ふいに涙ぐみ、なぜだか are singing, were singing, not crooling と英語で発言を接《つ》いだ。その crool という動詞が、鳩のクルックルッという鳴き方を表わしていること、そんな知識はなかったのに。それから目もとを拭《ぬぐ》い、「機材を変更すれば、それによってビートは解体されます。ある程度、どうしたって解体されるのです。これは不可避です。ところで記憶を最新型のサンプラーにかけた場合、旧来のサンプラーにありがちだった『記憶のつぎはぎ状態』は避けられるのでしょうか？　インタビュアーのあなたは、どう思われますか」と訊いた。その発言の通訳には時間がかかった。その間に井上陽水2号の記憶が崩壊し、彼は「糊付《のりづ》けのために、韻を、韻を、韻を踏んで、それで繋いで――！」と叫んだ。

パート3

韻を踏むことをライミングと言う。韻を、ライム、と言うからだった。たとえばこんなのがライミングだ。おれは傘を持たない奴だったんだ。そんな俺の先祖の生まれは韃靼《だったん》だ。こう井上陽水3号は解説する。実験がどうしてだか第二の段階に入ったこと、すなわちこれはもともとのオリジナルから数えれば三つめのフェーズになること、を井上陽水3号は感じた。俺は父親を捜索しなければと井上陽水3号は思った。いや、待てよ、と井上陽水3号はそれから思った。氷だ、氷の世界だ、俺は地下鉄の構内で寝泊まりするような俺みたいな奴を減らさないといけない。俺は今スターダムにいるからその力をもって世界を変えないといけない。俺の声、この歌声は天才的だ。しかも俺はライミングができる。すぱっとその言葉の力で切る、俗世を切る、kill《きる》。このマイク稼業、俺はどこへ進む？　井上陽水3号はインタビューに答えた。「教育制度を変える必要があります。まず、教育は無料、これを徹底しなければ。そうだろう？　ヨー」と言った。「しかも人々が俺の話を聞くのは、俺には影響力があるから、つまり、俺には金が集まるからですよね？　つまり、世界を変えるためには、まず札束に人が群がらないとならない。これはどういうことなんでしょうね？　どういうことなんだ？　ヨー」と言った。井上陽水3号はつぎつぎとインタビューを受けた。つぎつぎとメディアに登場して、この人物は野心的なアーティストであると、かつロマンチストであると理解させた。「俺は父親を捜しているんです」とも語った。「しかし俺の記憶には、どうも父親がいっぱい、いる。問題は、それらの『いっぱい』の父親から、ただ一つの父親を練りあげる、ってそれではないか、とかって最近は思ってる。思ってます。わかりますか？　たとえば十人の父親がいる、それぞれの父親の像がある、だとしたら、それらの像から合成された——統一された像は作れるでしょう？　すると、それが、ただ一人の父になる。この父親であれば、十人の子供たちを救済するでしょう。駄目な父親が十人いて、それぞれが一人ずつの面倒を見る、これが問題だ。だったら、十人の面倒を見られるスーパーな一人がいい。さらに、百人の面倒が見られる、とか、千人の面倒が見られる、とか、いろいろ考えられるでしょう？　規模をひろげられるでしょう？　たとえば、一つの市がある。シティ、そういう市がある。人口は三十万人。そのうち、地下鉄の構内に寝泊まりするような子供は……何人いる？　千人か？　三千人か？　彼らに必要な父親は、どうやったら誕生させられる？　三千人の父親か？　違う、それぞれの父は去った。もう、とうに去っているんだ。だから三千人に対して『一人の父親』になれる奴が、要る。それなんだ。解決策は。そうすれば。そうすれば——そうすれば」と訴え、それから教育改革のプログラムを実施するための財団を自らが代表となって設立し、雑誌も創刊し、あえて自身の名前を冠して『井上・ン・陽水』とし、広報用のバイリンガル版の裏表紙《バック・カバー》には英語誌名がIno-N-You と躍り、大規模なキャンペーンを張り、一年二カ月後には市長選に出て、井上陽水3号は見事に当選していた。圧勝だった。

その市では、鳩が鳴いている。

うはうさぎのうなんですか？　いいえ、うは裏切りのうですね

一人の成人女性が子供に返る。なぜならば記憶喪失症となったから。彼女は、ある一つの部屋に入れられる。そこで一から教育を受ける。彼女は記憶を失う前の彼女ではないから、ほとんど（以前とは別人の）二人めだ。部屋にはベッドがあり、天窓があり、床には絨毯が敷かれている。それから、うさぎのぬいぐるみがある。多数の絵本と、そうした子供向けの本よりはやや高度な図鑑類がある。しかし、彼女は、まだ字は読めない。だから字を教えられる。母音から始まる。まずは、あ。それから、い。それから、う。彼女は「うはうさぎのうなんですか？」と訊いた。これに対する回答は「いいえ、うは裏切りのうですね」だった。この瞬間、彼女はグラッとなる。記憶を喪失する契機となった衝撃が、逆方向に彼女を揺さぶり、彼女はア、ア、ア、ア、アアアアアアアアアアアアア！　と叫ぶ。まさに母音で。

あ、で。彼女は記憶を取り戻したから、彼女は子供をやめる。彼女は二人めの彼女であることをやめる。彼女はうさぎのぬいぐるみを放り出した。成人女性には、そんなものは要らなかった。そして天井に接するかのような虚空で、いま脱ぎ捨てられてしまった二人めの彼女（の人格）がふわふわ漂いながら、部屋のその惨《むご》さを眺めている。もはや単なる一人めでしかない、以前の彼女を見下ろしている。

グッドモーニンググッドナイト

私は神だ。もしかしたら、ある文化では精霊と呼ばれ、ある文化では悪魔と呼ばれるのかもしれない。しかし、暫定的に、神だ、としておきたい。そして（ここからは告白になるが）私はしょっちゅう神であるわけではない。「今日は一日、神の代理を務めたらどうだ?」と誘われて、それで神となった。わたしは**今日だけの神**だ。一つアドバイスをしておきたい。こんなふうに「今日は一日、神の……」と誘われることはあなたにもあるかもしれないから、私の、これから語る体験をしっかりと咀嚼してもらいたい。神となった以上、その全能を用いて私は**世界をよりよい場所にする**必要があった。一点だけでよかった。ある一点、よりよい形《ベターな》になればオーケーなのだ。全部をベターに、とか、むしろベストに、などと念じると、誰かに不都合が生じる（このことは論じはじめると長いし、「万人の納得する」判断に至るには約三〇〇〇年は要しそうなので省略する）。それで、私としては、日頃から地球温暖化って恐いよなとかこのまま温暖化が加速したら北極の氷は全部溶けてしまって、ホッキョクグマが絶滅に追いやられるよなとか、それ以前にいろんな動植物がすでに絶滅に追いやられているなとか、そういえば近所の雀《すずめ》が減ったなとか、いやいや雀だけじゃないいんだよとか、うん、日本列島で本当にいろんな鳥類が滅んでいったわけだなあとか、まあ絶滅とまでは言い切らないまでも数はまるっきり減っちゃったぜとか、そういうことを考えていたので、鳥たちを増やすことにした。しかし、この「鳥たちを増やす」との願いは、やや漠然としている。こういうことが問題なのだ。まず第一に、鳥とはどのような存在か？　こうした定義が要る。羽が生えていて飛べる生物《もの》？　ちなみに飛べない鳥はいっぱいいる。次に、増えるとはどのようなスパンで観察されて、ジャッジされる現象か？　たとえば、明日、鳥の数を十倍にすることはできる。ところが明後日は今日の十分の一まで減るとしたら、この奇蹟は鳥を増やしたのか、減らしたのか？　今、私は奇蹟と言ったが、奇蹟とはじつに制御《コントロール》の難しい行ないなのだ。そこで私はじつに奇蹟らしい奇蹟に挑むことにした。「鳥の〔今日《こんにち》の〕定義外のものを鳥とし、その鳥に〔ある条件を満たす限りにおいて」永遠の一定数を与える」というものだ。つまり、その鳥は、現われたら二度と増えない（し減らない）。すなわち繁殖行動の埒外にある、と言い換えられる。結局私は、二十世紀以降の人類のテクノロジーの産物である機械を鳥に変えることにした。神である私の「干渉力」をもって、ある型のヘリコプターを鳥類にした。メカニカル・バード。このヘリコプターはMBと呼ばれる。そして、せっかくのハイテクノロジーの賜物《たまもの》なのだから、知力も相当ある生き物にした。そうなのだ、MBはしゃべるのだ。しかし、無限にしゃべってしまえては、人類を超えるという結果になるぞ、と私は懸念した。私は、神として、真剣にそのことを憂慮した。そこで、「しゃべれるとはいっても、まあ、類人猿ぐらい……」と期待するレベルを下げた。オランウータンやゴリラ程度の言語能力でいいだろう、と。その瞬間、私は、はたと困った。オランウータンやゴリラには発達したコミュニケーション力があるわけだが（学者たちがこのことを報告している）、いわゆる発話はできなかったのではないか？　それでは、人類以外の**誰がしゃべったか**？　とっさに浮かんだのはキュウカンチョウだ。そうだ、これならば鳥だ。しかも人語を話す！　ただ、私はそこで眉間に皺を寄せてしまったのだが（もちろん私という神には眉間があり、皺もあるのだ。失敬)、キュウカンチョウは無限に話せるわけではない。真似しかできない。しかも、真似ができる語数も限られていたのではなかったか？ そこで私は、私が鳥として生んだヘリコプター、すなわちMBにも人間《ひと》の三語だけは話せる、と奇蹟の制限《リミット》を設定した。

三つの言葉だけだ。

それしか教えられない。

それを憶えたら、MBは、あとは話さない。

だとしたら、このヘリコプターに、いったい何を教えたらいいのだろうと私は悩んだ。正直に告白するが、この時の私は、神の奇蹟を前にした一人の人類として悩んだ(に等しい——実態としては神の奇蹟を前にした神として眉間に皺を寄せたわけだが)。私がどうしても外せなかったのは、善、に通ずる単語だ。英語で言ったらgoodということになる。カタカナで記したらグッド。それから必要なのは？ というか必須なのは？ この世界に要るのは、朝の到来だ、と私は思った。つまりモーニング。それから、夜の到来だ、とも思った。つまりナイト。一日はつねにスタートするのだし、それは**世界が生まれる**ということだ。日々、生まれるのだ。それから、夜は必ず巡ってくるのだし、それは**闇がなにもかも優しさで包む**ということだ。それどころか、私たちは、目をつぶるだけでそちらに行ける。そうなのだ。この三語があれば、世界は、よりよい《ベターな》場所になる。

私が神である世界。

ここでは、鳥になったヘリコプターが、「グッドモーニング」と鳴いている。「グッドナイト」と囀《さえず》っている。グッド、グッド、グッド。ほら、そこの公園の樹々の梢に、囀るヘリコプターは留まっている。

五十歳になった。いろいろな変化が訪れた。

当たり前だがプラスの変化は少ない。たいていの変化は、老化、と言い換えられる。体じゅうのあちこちが故障する。さまざまな不調が現われて、その四つに一つは、初めて出現したものとなる。いやな感じだ。私は走ることが大好きだったが、誕生日の二カ月半後に右膝が突然痛みを発して、あれから二カ月経った今も完治しない。原因はわからない（ある種の詛《のろ》いであることには思い当たっている）。よって存分には走れない。右膝をかばっていたら、五十になった三週間後に突如壊れた左手首が、また痛みを発し出した。それをかばっていたら、これは古傷なのだが、十数年前に折った右手首が激痛を発しはじめた。それをかばっていたら、肩胛骨《けんこうこつ》のあたりが全体、痛み出した。それから肩。それから首。それから目。目は、昔から偏頭痛と直結した不可視状態――目の全体に光の膜がかかる――だの飛蚊症《ひぶんしょう》だの多様な症状にやられていたのだが、それらが複合的に、原因もなしに頻発し出した。それから腰痛が来た。これはもう、瞬時に、「ああ、もう立てないな」とわかる類いだった。ドイツ語で、ぎっくり腰を「魔女の一撃」と言う。的確だ。ドイツ人の言語感覚を讃えたい、と私は思う。

それからは寝て過ごした。体力が落ちた。

そして食中《しょくあた》りになった。胃と腸とが、信じられない大きさに脹《ふく》らんだ。

その数日後に、胃そのものが激痛にやられた。胃潰瘍だな、とわかった。これは再発だった。私は胃潰瘍と十二指腸潰瘍をやっている。潰瘍はちょっとしたストレスで、復活する。反撃に出る。それにしたって十年ぶり以上の、まさに酷痛だった。寝ているのもつらい。

とはいえ寝つづけているわけにはいかない。私には、営まねばならない日々の暮らしがある。

起きて、立ち、歩いた。歩いていても痛い。私は全身の何ポイントをかばいながら歩いているのか？　膝に一ポイント、手首は二ポイント、背面に何ポイントか。

それから胃、腸、だんだんと頭全体が痛み出した。ストレス性の歯痛も復活した。発熱している……今、私の体温は何度だ？

そうして痩せた。

痩せた原因でもあるのだが、食欲が落ちた。

いったい私は何が食べたいのだろう？　そのことを考えた。

酸味のあるもの、それから、辛いもの。その二つだ。

こういう状態でも辛い物が食べたいなんて、私は、変わり者だと言われるのだろうな、と考えた。

要するに刺激物だったら、どうにか喉を通る……そう考えているのか？　と考えた。

だんだんと判断がつかない。しかし「何かは食べておかないと」と思う。

パンを齧る。

歯が痛い。

口中のどこかから血が滲《にじ》んだ。

熱が凄いことがわかった。――もっと休まなければ。――外出を取り止めなければば。

その日の、午前九時過ぎにだが、「もう今日は何もしないで寝ていよう」と決断した。

しかし寝ていることは眠っていることではない。休んでいることは寝《やす》んでいる——夢の中にあることではない。横になり、眠らず、痛みを誤魔化し、考えている。これは全部五十歳になったからだな、と考えている。けれども、五十年を全部考えることはできないな、と考えている。五十年間生きていて、いったい、何年分なら想い起こせる？　何百日分、何十日分ならクリアに回顧できる？

というかそもそも、五十年、って歳月はなんだ？

頭の中をサーチする。十年前のことはどうだろう。十年前の、ある季節の感触はクリアだ。ある夏の、たとえばある八月、クリアだ。ある週、ややクリアだ。その週の、ある水曜日。……水曜日？　計算する。それが八月の何日なのか。弾《はじ》き出す。けっこう時間がかかった。そして、憶えていることを心中に転がして、それから、憶えていないことをピックアップしはじめた。

何を食べた？

憶えていません。

夕食も?

もしかしたら憶えているかも。

何時に起きた?

憶えていません。

何時に寝た?

いつもどおりかも。

就寝時間は、この十年、変わっていない。それにしても、食べ物の記憶って、消えてしまうものだな、と思った。どこかで外食して、そのレストラン名を脳裡に刻めば、どうにか思い出せる。ただ、それが十年後……十二年後……二十年後に可能だとは思えない。しかし私は確実に「毎日食べている。ほぼ三食」。で——その一食一食の詳細は、ほぼ失念する?

たとえばだ、と私は思った。あなたは昨日の朝、何を食べましたか? と問われて回答できなければ、ある程度記憶する能力を疑われる。胃痛を覚え、昼、病院に行ったとして、医師から「昨晩、または今朝、何を食べました?」と問われて答えられなかったら、別のセクションの診察に回される、かもしれない。たった今、昼食を食べて、その〝食べた〟記憶を失うと、これはもう明らかに「認知能力に難がありますね」と宣告されるだろう。

さて、だが、十年前の同日、同時刻、昼、私は何を食べた?

私は、そもそも、食べたのか?

漠然とだが巨《おお》きな不安が私にのしかかった。なんだかいやな問いだなと思った。肉体の不調があるがゆえに肉体を〝形成する〟食、食事という行為に意識が向いているのだろうと分析した。カラダのことは忘れろ、と私は自分に命じた。それからココロのことを考えろ、と反射的に思った。さてココロは何で形成されているのか? 学校では、このあたりはどう教えているか? たとえば子供は「読書は精神の栄養です」とか言われるな、と私は思った。

本。

あとは音楽。

私には、音楽だな、と思った。どれだけの時間、聴いてきたのか?

そして、そこで不安になった。私がこの——五十歳という——年齢を迎えるまでに聴いた音楽は、どこだ？　どこにある？　ちゃんと、記憶に残って、あるのか？　たとえば十年前のある一日、その日に聴いた音楽を全部諳《そら》んじられるか？　もちろんメロディを、じゃない。歌詞を、じゃない。タイトルを、ではある。全部の曲名とまでは求めない。たとえばアルバム単位、そういった単位で、言えるか？

——まるまる一日の、聴取体験を？

無理だ、と私は回答した。十年前の任意の一日の、それを、なんて、無理だ。私は、質問者である私に回答していた。

だったら、と前者の私が訊き直す。九年前なら？

無理だ。

八年前なら？

無理……いいや、もしかしたら、ある特定の季節なら。ある特定の季節の、ある一日なら。

春のことは忘れた。冬のことも忘れた。でも、夏は——それから秋は——なかでも初秋なら。

よし、と私は言った。私が私に言った。じゃあ初秋でいこうや。九月か？

九月、いいね、と私は答えた。私が私に答えた。九月、ところで上旬も初秋になる？

決めていいんだよ、と私は言った。

九月の一日も？

秋にしたいなら、と私に答えた。

その翌日……二日も？

私は、答えながら、私は、八年前の、九月二日の、朝、に思いを馳せた。横になり、ひたすら寝床に横になり、しだいに全身の痛みを忘れ……痛みが遠退《とおの》き……記憶のほうが主になる。現在の痛みよりも記憶のうちに探られている一日の、音楽の、その感触のほうが。クレープス、と私は思った。そうだ、ドイツのオルガン奏者、クレープス。ヨハン・なんとか・クレープス。バッハの弟子だったはずだ。そのクレープスの、ソナタを聴いた。何番だ？

第四番。その記憶がある。

記憶だけがある。メロディはない。

それから？

キルンベルガーを聴いた気がする。キルンベルガーの、やっぱり、ソナタを。キルンベルガーの名前はヨハン・なんとか・キルンベルガー……やっぱりバッハの弟子で、やっぱりドイツ人だ。

聴いた、とふいに私は断じられた。

その朝、そういう傾向で、私は聴いた。傾向とは――つまりドイツ寄りの。かつバロックの。

だとしたら、その数時間後には、傾向を変えて聴いているはずだ。

私は思い出す。まさに芋蔓《いもづる》式に。オムニバスのCDをかけた。それは映画のサウンドトラックか、サウンドトラックめいたアルバムだったんじゃないか？　題名は『ウィッグ・イン・ア・ボックス』。そうだ。一曲、オノ・ヨーコとヨ・ラ・テンゴの共演があった。それからアニマル・コレクティヴの『ストロベリー・ジャム』。そこまでは思い出した。そんなにも思い出した。ジャンルで言えばクラシックを聴いて、それからロック。後は、その日のうちにきっと、もっとエレクトロニカ寄りの音も聴いただろう。民族音楽も。傾向として、そうだ。

それらは思い出さない。

しかし、それにしても、ずいぶん思い出した。

そして、そこまで記憶を甦らせたところで、私は――ベッドにいながら――「ううう」と呻いた。痛みではなかった。朝食を思い出したのだ。飯は、雑穀の飯、味噌汁の具は、長芋とレタス、温泉玉子があって、そこにとろろ昆布がかけてある。それから白菜キムチ。そうだ、辛いし、酸っぱいもの……。

昼は？

昼は思い出せない。

夜は？

夜も思い出せない。

それにしても、この朝食の鮮烈さは、甦ったビジョンの鮮烈さは、なんだ？

こんなにクリアでいいのか？

私は、と私は横たわりながら真剣に思った、もしかしたら引き金《トリガー》があれば全部の食事を想い起こすことも可能なのか？　五十年分の、とは言わない。四十年分の、とも言わない。けれども、たとえば、二十歳《はたち》以降の全部の朝食、そのメニュー……。

そんなふうに記憶が消えないことは、病《やま》いではないのか？

私は、自問した。

忘れないことは、病気じゃないのか？　そう自問した。

ふいに私は、明日の朝も、同じ朝食を摂《と》る、と確信した。私は、八年前の九月二日と、同じ献立を、きっと食べる。そのためには、私はクレープスのソナタを聴かなければならない。私は、キルンベルガーのソナタを聴取しなければならない。そうすれば同じ一日が甦る。そして……そして……。

そんなふうに同じ一日が繰り返されることは危険ではないのか？


この時に私が感じた恐怖、むしろおのゝのきを、きちんと言葉で説明することは難しい。私は、それこそが死だ、と思ったのだ。つまり「死とは、あらゆる一日が、あらゆるディテールを具えて、再生される」ことなのだと感じたのだ。しかもその再生可能性が減らない。永遠の再生が可能だ、と。その時、どう前に進めばいいのか？　どう前進できるのか？

前進できないとしたら、それは死だ。

はっきりと認識した。ゾッとした。私は、今、心身が弱っている。いいや心身じゃない、その後者のほう――カラダが衰弱している。そうした状態が私にこれを洞察させた。私は、私は――。

私は、今、私自身の冥府譚《めいふたん》の内側にいる。これが私の、死後の世界の物語だ。

私は起きた。

昼食を摂ろう、と思った。

冷蔵庫を空ける。そこに酸っぱいものは？　辛いものは？　ある？　ちゃんと残ってる？　何かを待望しながら、探った。ザワークラウトの瓶があった。ひと瓶。三分の二ほど減っている。ザワークラウトは（もしも知らない人がいたらと思い、解説するのだが）ドイツの漬け物だ。キャベツの塩漬け、そして醱酵《はっこう》させられている。だから酸味がある。付け合わせになる。たとえばソーセージの。たとえば、たとえば、豚肉の、やっぱりソーセージの。

私はその瓶の蓋を回して開け、私は、手で、素手で、食器なしで、そこからザワークラウトを取って食べた。酸味が私を生かす。酸味が、弱り切った私（のカラダ）に活《かつ》を入れる。

「きっとこのひと瓶は、減らないな」と私は思った。気がつけば、声に出して言っていた。「このザワークラウトは、明日の朝、増える」

非常出口の音楽

この物語には一つだけ奇《き》蹟《せき》が混じっている。あるいは、一つだけ本物の奇蹟が混じっている。この地球上にあってはならないことは、同じ物質が、二つ（もしくは二つ以上）の、別々の場所に存在することで、もちろん、君がある日、午前八時にはAという場所にいて、午前十一時にはBという場所にいた、ということは何ら問題にならない。しかし、午前十一時半に、Aという場所とBという場所に同時にいた、となったらシリアスな問題だ。どちらの場所でも他人に目撃されて、どちらの場所でも言葉を交わし、どちらの場所でも写真に撮られ、どちらの場所でも動画に収まった、となったら致命的な問題だ。ただ、不思議なことに、同じ日の同じ時刻に、Aという場所とBという場所に人間ではないものがいたとかあったとしても、誰もこれを問題視しない。たとえば二〇一六年七月十日の、午後十一時二十二分に、東京都の区立新宿文化センターの敷地内と花園神社の境内に同じ一匹のメスの三毛猫が同時に存在しているのだが、いっぽうは欠伸《あくび》をして、いっぽうは神木の幹を用いて爪を研いでいるのだが、このことが多数の証拠から明らかにされたとしても（必要ならばＤＮＡ鑑定を用いてもよい）、さほど騒ぎにならない。なぜなのだろう？

生き物に関してもこうなのだから、これが生き物以外の、無機物となったら、同じものが別々の場所に同時にあるとか、あったとしても、ほぼ関心は持たれない。

大阪の市街地の交差点と、北海道の釧路湿原の片隅に、同じ形状の扉が出現する。まさに「ドア」としか呼びようのないものが、一枚。それらは同じ形状であるどころか、同じ扉なのだが、そんなことは問題にされない。後者は、さまざまな人間（北海道の開発局の担当者、公園管理人、観光客、自然写真家）に目撃され、それがそこにあることを確認されているのだが、公的機関の人間は悪質ないたずらに違いないと判断して報告をあげるにとどまっている。単にここを訪れただけの人間は、ある種の奇抜なモニュメント、またはアート作品と判断するにとどまっている。

いっぽうで、大阪では、それの出現が大事件となる。

大阪市北区、梅田の交差点だった。交通が妨げられて、ただちに撤去作業が開始されるのだが、しかし扉は取りのけられない。いかなる重機、技術を用いても撤去は叶わない。これはいったい、どういうことなのか？　ただの一枚の扉が、その交差点にあるだけではないのか？　ところで、その扉は、どうして交差点になど立っているのか？　どのような技術で立てられたのか？　何者が立てたのか？　警察が監視カメラの映像の分析に入る。現場を鎖《とざ》す。報道関係者が殺到する。現場に野次馬が多数集まる。報道関係者がその野次馬にカメラを、マイクを向ける。意味のある情報は何ら拾えない。じきに自衛隊が出動するのだろうと噂される。

扉の出現から四時間後に、畿内の、正確には大阪府と兵庫県と奈良県の三府県内の、年齢も性別も職業もばらばらな二十三人が、二の腕の下部に痒《かゆ》みを感じる。腋《わき》の下に異常を感じる。むずむずする、と思っている。じき、着られない服が出る。どういうことなのか？　二の腕の下部から腋に向かって、皮膚のフォルムが変わりはじめたのだ。皮膚が、少し膜のように伸びだしている。薄い膜――まるで翼だ。そのまま伸びたならば、それは（想像するに、計算するに）半透明の翼だ。

二十三人は、いっせいに、「行かねば」との衝動に駆られる。僕は、あたしは、俺は、儂《わし》は、梅田の交差点をめざさねば、との。「あの扉を、通らねば」と感じている。

そして向かう。いっせいに。でも、てんでに。示し合わせのようなことは一切なしに。

交差点の東から、北から、南から、西から、集結した。

警察が封鎖している現場に、入る。それは封鎖線の突破だった。半数は警官に取り押さえられた。しかし残りは扉めがけて、走った。一人が手をかけた。あとに二人、三人、もっと――と続いた。扉を開けて、というか扉の角度を開けていい、いる感じに動かした途端に、宙から音楽が漏れ出た。まるで、目に見えない「部屋」がそこにあって、そこでは楽曲が鳴っているのだ、とでもいうように。そうした一部始終を、もちろん報道関係者のカメラが、マイクが収めている。

それから一人、二人、三人、もっと――の人間たちは扉の向こうに消えた。彼らは、目には見えない「部屋」に足を踏み入れたタイミングで、その姿を消した。かき消していった。全くの消滅だった。

ところで、大阪の市街地・梅田の交差点にあった扉と、北海道の釧路湿原にあった扉は、同一のものだった。だから、前者の扉がある角度で開けている感じに動かされると、湿原にあった扉もまた、同様に動いた。すなわち開いた。それを一頭の蝦夷鹿《えぞしか》が見ていた。七十センチもの長さの立派な角《つの》を生やしたオスの蝦夷鹿が。釧路湿原でもまた、それが開放されるや音楽が漏れた。同じ音楽が、漏れ出してきた。見えない「部屋」から。

するとオスの蝦夷鹿は、顔をあげ、目をきっと見開き、まさに眦《まなじり》を決して、歩み出した。そう、歩いた――扉を抜けた。通った。そして消滅した。

その直後に扉は消えた。扉そのものが。しかも、二つは同一のものなのだから、釧路湿原でそれが消えると、大阪の梅田でも消えた。

さて、この物語には奇蹟があるのだけれど、その奇蹟とは、いったい、なんだろう？　一つだけの本物は、どれだろう？

あとがき

僕には『gift』という掌篇集があるのだが、本書はその『gift』を意識しながら書かれた。つまりコンセプトとしては『gift II』であって、雑誌連載をスタートさせる前から編集者ともそんなふうに語りあった。ただ、あくまでもコンセプトとしてはだ。なにしろ『gift』の収録作は、もっとも早いものは二〇〇一年四月に書かれている。この『非常出口の音楽』の、もっとも仕上がりの遅かったもの——とは最新の作品ということになるのだが——は二〇一七年三月に書かれている。つまり、ここには十六年間もの隔たりがある。

一人の作家の、十六年前と今、というのは、なにかの標本《サンプル》としても非常に興味深いものだな……と僕は他人《ひと》ごとのように言わざるをえない。

いずれにしても、ここに収めた二十五篇に共通するのは〝短い〟という形式である。そこそこ短かったり、極端に短かったりする。その形式こそが器だ。この器に、イメージや言葉がつどつど降ってきたのだ。

どうしてだかはわからないのだが、移動しながらアイディアを胚胎した作品が多かった。たとえば東京湾岸、たとえば納沙布岬《ノサップ》から釧路のあいだ、たとえばカリフォルニア州のロサンゼルス－オレゴン州のユージーン間。動いていることは、これらの小さな物語にそもそもの誕生のきっかけを与えた、とは断じられる（はずだ）。結局、どの作品の発想・執筆においても「小説って、どうして生まれ落ちるんだろうな。不思議だなあ」と思ったとしか、まあ断定的には言えない。

要するに、なにも言っていないに等しい。申しわけない。

だから、最後に一つだけ意味がありそうな言葉を足しておく。この本は、誰かの人生に入り口があるとか、そのキャリアに入り口が見つからないとか、この世界には出口があるとか、昏迷《こんめい》する時代からの出口はどこだとか、そういうことには一切関わっていない。人には、ときに非常出口が必要だ、と、そのことだけを語ろうとしている。それが（漠然とした体感でぜんぜんかまわないので）伝わったらうれしいと思っている。

古川日出男

初出　「文藝」二〇一五年夏季号～二〇一七年春号
「とてもとても安全ブーツ」「やさしい雨の降る森」は
書下ろしです。

古川日出男（ふるかわ・ひでお）

一九六六年、福島県生まれ。九八年『13』で作家デビュー。二〇〇二年『アラビアの夜の種族』で日本推理作家協会賞および日本SF大賞、〇六年『LOVE』で三島由紀夫賞、『女たち三百人の裏切りの書』で十五年に野間文芸新人賞、および十六年に読売文学賞（小説賞）を受賞。他の作品に『ベルカ、吠えないのか？』『聖家族』『南無ロックンロール二十一部経』『冬眠する熊に添い寝してごらん』『あるいは修羅の十億年』など。また現代語訳に『平家物語』（「池澤夏樹＝個人編集　日本文学全集」）があり、その外伝となる創作『平家物語　犬王の巻』も上梓している。

非常口《ひじょうぐち》の音楽《おんがく》

二〇一七年七月二〇日　初版印刷
二〇一七年七月三〇日　初版発行

著者　古川日出男
発行者　小野寺優
発行所　株式会社河出書房新社
東京都渋谷区千駄ヶ谷二-三二-二
電話　〇三-三四〇四-一二〇一（営業）
〇三-三四〇四-八六一一（編集）
http://www.kawade.co.jp/

組版　株式会社創都
印刷　株式会社暁印刷
製本　大口製本印刷株式会社

Printed in Japan　ISBN978-4-309-02589-6